*Lisa Welzhofer*

# Kibbuz*kind*

*Eine deutsch-israelische Familiengeschichte*

edition chrismon

Bibliografische Information der Deutschen Nationalbibliothek:
Die Deutsche Nationalbibliothek verzeichnet diese Publikation in der Deutschen Nationalbibliografie; detaillierte bibliografische Daten sind im Internet über http://dnb.d-nb.de abrufbar.



Das Buch wurde auf alterungsbeständigem Papier gedruckt.

Titelillustration: Marie Emmermann (Fotovorlagen Cover: wikipedia (2), Shutterstock)
Fotos: privat
Gestaltung: Hansisches Druck- und Verlagshaus, Frankfurt/Main, Ellina Hartlaub
Druck und Bindung: BELTZ Bad Langensalza GmbH

ISBN 978-3-96038-160-0
www.eva-leipzig.de

*Für meine Kinder*
*und für meine Eltern*

# Vorwort

Ein Stoff für Hollywood. Das dachte ich sofort, als die junge Autorin Lisa Welzhofer vor sieben Jahren ein Thema bei chrismon anbot. Unsere Redaktion liegt nicht ganz in Hollywood, genau genommen liegt sie in einem gesichtslosen, eher kühlen Vorort von Frankfurt. Aber vielleicht spüren wir umso unmittelbarer, wann ein Thema heiß ist. Sie habe da im Haus ihrer verstorbenen Mutter ein Tagebuch gefunden, schrieb sie.

Ein Tagebuch, das ein Familiengeheimnis birgt. Da will man drin blättern. Ein verlorener Vater, den will man kennenlernen. Und dann noch in Israel, ausgerechnet. Sehnsuchtsland der Mutter, schicksalhaft mit der deutschen Geschichte verbunden, Krisenherd unserer Zeit. Ein verheißungsvoller Plot!

„Blind Date mit meinem Vater" hieß die Reportage in chrismon 2011. Aus dem Blinddate wurde eine herzliche Vater-Tochter-Beziehung, eine richtige Familie. Und aus der chrismon-Reportage ein ganzes Buch. Ich habe es in einem Rutsch durchgelesen, auch weil die Autorin uns wie in einem Roadmovie mitnimmt in dieses sonnige, von Bougainvilleas gesäumte wunderbare gelobte Land. Und erzählt, wie sie dort ihren Vater wieder findet. Man fiebert mit, man freut sich, man ist sehr versöhnt mit dieser Familie. Und fast ein bisschen neidisch.

So ein Abenteurer-Gen in der Familie, das ist gar nicht so häufig in Schwaben, wo man sein Haus eher in der Nachbargemeinde baut als sein Zelt am See Genezareth aufschlägt.

Lisa Welzhofer hat die Geschichte ihres wiedergefundenen Vaters für dieses Buch aufgeschrieben als Briefroman. An ihren kleinen Sohn Viktor, der nun einen Großvater dazu gewonnen hat. Dafür geht die Autorin noch eine Generation zurück. Viktor hat's gut, denn seine Mutter hat etwas vollbracht, was nicht viele Kriegsenkel schaffen: Sie hat das Schweigen gebrochen.

„Viele haben ihre Wunden unter einer dicken Schicht Verbitterung verborgen, in vielen Familien herrschte Schweigen", schreibt sie über die Generation ihrer eigenen Großeltern. Aber ihr Großvater Heinz, er hat geredet, hat ihr von bestialischen Szenen berichtet, die er als Offizier im Zweiten Weltkrieg im Vernichtungskrieg gegen Russland erlebte. Man muss reden, über Schuld und Verstrickung. Sonst leiden Kinder und Kindeskinder, das weiß man inzwischen aus der transgenerationalen Psychologie.

Darum ist dieses Buch nicht nur ein Generationengespräch – von den schuldbehafteten Großeltern über die Flower-Power-Mutter bis zur suchenden Tochter. Sondern auch ein Geschenk an Viktor und an seine kleine Schwester. Je mehr sie durch diese Briefe erfahren über ihre eigene Familiengeschichte, desto befreiter können sie ihre eigene Reise ins Leben antreten.

Mein Gefühl sagt: Es wird eine Fernreise werden. In dieser Familie ist immer Bewegung gewesen. Und Barbara, die Tagebuchschreiberin, hat es auf den Punkt gebracht: „Ich gehe leichten Herzens weiter in ein neues Land." Nichts Besseres kann man seinen eigenen Kindern mit auf den Weg geben. Gehe leichten Herzens immer wieder in ein neues Land.

Ursula Ott
Chefredakteurin chrismon und evangelisch.de

April 2014

*Mein lieber Viktor,*

ich habe schon ein paar Mal versucht, diese Geschichte aufzuschreiben. Aber es ist mir sehr schwergefallen und ich habe das Schreiben immer wieder abgebrochen. Vielleicht, weil ich nicht die richtige Sprache gefunden habe. Vielleicht, weil es sich um die Geschichte deiner Großeltern handelt und ich das Gefühl hatte, ich habe gar kein Recht, sie zu erzählen. Vielleicht auch, weil es um viele komplizierte Dinge geht. Um Deutschland und Israel, um den Krieg und das, was er aus den Menschen macht. Um Schuld und Verzeihen. Um Eltern und Kinder. Und um die komplizierteste Sache überhaupt: die Liebe.

Aber jetzt bist du seit fünf Monaten auf der Welt, und ich muss dir diese Geschichte einfach erzählen. Damit du etwas über deine Großmutter erfährst, die nicht mehr lebt. Damit du deinen Großvater besser kennenlernst, der in einem fremden Land wohnt. Und damit du verstehst, warum deine Mutter so ist, wie sie ist. Vor allem aber, weil es die Geschichte deiner Familie ist. Es ist auch deine Geschichte. Und wenn du eines Tages alt genug bist, sie zu lesen, dann wirst du schon ein wenig mehr über das Leben wissen und vielleicht auch über die Liebe und darüber, was sie mit einem macht. Weil so ein Baby wie du viel Zeit und Zuwendung braucht, wird es sicher eine Weile dauern, bis ich die ganze Geschichte aufgeschrieben habe. Darum fange ich nun mal an:

Zuallererst möchte ich dir deine Großmutter Barbara vorstellen. Sie wurde am 3. Oktober 1950 in Günzburg, einer bayerisch-schwäbischen Kleinstadt, geboren. 40 Jahre später wird der 3. Oktober zu dem Datum werden, an dem die Deutschen ihre Einheit feiern. Aber bis dahin war es 1950 noch ein weiter Weg. Als Barbara geboren wurde, gab es ein Ost- und ein Westdeutschland. Die Nachkriegszeit war eine Zeit des Aufbruchs, aber auch des Stillstands. Die Mangeljahre nach dem Krieg waren vorbei, die Menschen in Westdeutschland hatten sich in der neuen Staatsform Demokratie schon ein bisschen eingerichtet. Sie hatten gemerkt, dass man es mit viel Fleiß zu etwas bringen kann. Alle haben viel gearbeitet, um die Jahre der Armut möglichst schnell hinter sich zu lassen. Trotzdem konnte man noch überall sehen und spüren, dass der Krieg erst wenige Jahre her war. In jeder Familie gab es Männer oder Söhne, die nicht mehr nach Hause gekommen waren. In der Günzburger Bahnhofstraße klafften noch die Lücken zerstörter Gebäude.

Gesprochen wurde nicht über diese Lücken und über den Krieg, der sie gerissen hatte. Manche Männer kamen erst in den 50er Jahren aus der Gefangenschaft zurück. Aber keiner mochte hören, was sie getan und erlebt hatten. Alle wollten die schlimme Zeit schnell vergessen. Auch in den Schulen war das Dritte Reich, die schlimme Zeit des Nationalsozialismus, damals kein Thema. Alle wollten nach vorn sehen, wollten einen Neuanfang. Niemand mochte so genau darüber nachdenken, welche Fehler er selbst gemacht hatte. Barbara und ihre Generation, die Achtundsechziger, haben den Eltern dieses Schweigen später vorgeworfen.

In Günzburg waren die Amerikaner stationiert, die Soldaten haben viel Neues in diese kleine Stadt gebracht, haben sie ein bisschen zur weiten Welt geöffnet mit Rock 'n' Roll, Kaugummi und Bourbon-Whiskey. In der Dorisbar wurde geraucht und Swing getanzt. Die Menschen lechzten nach Ablenkung. Im Kino liefen seichte Heimatfilme, die Mode wurde bunter, die Möbel leichter, das Essen fetter.

Die 50er und 60er Jahre waren eine Zeit der Oberflächlichkeit, in der die Menschen auf einer sehr dünnen Schicht aus Optimismus und Verdrängung über einem dunklen Abgrund in Richtung Wirtschaftswunder tanzten. In dieser Zeit ist deine Großmutter aufgewachsen.

Es war eine enge, wohlgeordnete Welt, in der sich Barbara als Jugendliche bewegt hat: In ihrer Freizeit war sie bei den Pfadfindern, im Turn- und Reitverein. Sie ging auf eine Klosterschule für Mädchen, in der Nonnen unterrichteten und wo strenge Regeln herrschten. Die jüngeren Schülerinnen durften nur auf der vordersten Kante ihrer Stühle sitzen, damit dahinter noch Platz für den Schutzengel war. Hosen waren verboten, weil sie sich für ein katholisches Mädchen nicht gehörten. Als Barbara zum Wandertag trotzdem mal in Hosen erschien, wurde sie wieder nach Hause geschickt. Die Nonnen beobachteten auch, wer in seiner Freizeit das Kino besuchte, das gleich neben der Schule lag. Barbara ist gern ins Kino gegangen. Wenn sie dann mal nicht richtig gelernt hatte, sagten die Nonnen: „Das kommt davon, wenn man ins Kino geht."

Barbara hat diese Klosterschule, die Scheinheiligkeit und den Mief, der in den Gängen hing, diese Mischung aus Lebens-, Lust- und Modernitätsfeindlichkeit gehasst. Dass sie keine gute Schülerin war, war wahrscheinlich Teil ihrer Verweigerungshaltung. Eine erste Aufmüpfigkeit gegen ein System, in das sie sich fügen sollte, und gegen das, was sich angeblich gehörte. Und so guckt dem Teenager Barbara auf den Fotos jener Zeit unter dichten dunklen Ponyfransen oft der Trotz aus den Augen, aber auch das Unfertige und auch ein bisschen das Unglück.

Nach der zehnten Klasse hörte Barbara mit der Schule auf. Sie wollte eigenes Geld verdienen, unabhängig sein. In der großen Psychiatrie am Ort fing sie 1968 eine Ausbildung zur Krankenschwester an. Es ist wirklich schade, dass sie dir davon nicht mehr erzählen kann, so wie mir. Die meisten Psychiatrien waren damals noch sehr rückständig, der Geist, der dort wehte, stammte aus derselben Zeit wie die Gebäude, die Anfang des 20. Jahrhunderts errichtet worden waren. Es waren unmenschliche Einrichtungen, Verwahranstalten, in denen die Kranken weggesperrt und mit starken Medikamenten und Elektroschocks behandelt wurden.

Ich erinnere mich zum Beispiel an Barbaras Erzählen von der sogenannten Karrengruppe: Das waren Insassen, die nicht allein spazieren gehen durften und deshalb wie Pferde vor einen Karren gespannt wurden, damit sie nicht weglaufen konnten. Manchmal hatte Barbara allein Nachtdienst in einem Saal mit 70 Betten und hat sich dabei gefürchtet.

Die angehenden Krankenschwestern wohnten im Dachgeschoss einer der Psychiatriestationen auf dem weitläufigen Gelände der Einrichtung. Die Lehrschwestern wachten darüber, dass die Schwesternschülerinnen sich züchtig verhielten. Barbara musste um 22 Uhr in ihrem Zimmer sein. Herrenbesuch war nicht erlaubt. Mit ihren Freundinnen ist Barbara nachts aus dem Fenster gestiegen und heimlich in den Traubenkeller gegangen – eine verruchte Kneipe, beliebt bei den Amerikanern, in der geschwoft wurde und geraucht und getrunken.

Deine Großmutter war eine schöne junge Frau. Ihr Gesichtsausdruck war stolz, herausfordernd, aber immer auch ein bisschen an der Welt leidend. Sie hatte große grünbraune Augen – mit Kajal schwarz umrandet –, eine schmale Nase und hohe Wangenknochen. Das braune, glatte Haar war in der Mitte gescheitelt und fiel ihr lang über die Schultern. An ihrem ersten Tag in der Ausbildung trug sie schwarze Netzstrümpfe unter der Schwesterntracht.

Ein Hauch der Revolte von '68 war zu der Zeit auch schon bis in die Provinz geweht. In der Günzburger Psychiatrie haben junge Ärzte aus Ulm, München und Tübingen einen Teil ihrer Ausbildung gemacht. Bei Barbara und ihren Freundinnen, die die Patienten als Menschen sehen und behandeln wollten, fielen die Reformideen, die die jungen Ärzte aus der Stadt mitbrachten, auf fruchtbaren Boden. Sie verteilten sogar Flugblätter, auf denen sie gegen die rückständigen Methoden protestierten. Danach stand Barbara kurz vor dem Rauswurf. Den Brief, den ihre Vorgesetzten an ihre Eltern geschickt haben, kann ich dir noch zeigen. Barbara hat ihn aufgehoben. Darin stand, dass sie „maßleidig" sei. Ein schönes, altes Wort. Barbara war es ganz einfach leid, Maß zu halten. Man könnte auch sagen, dass deine Großmutter auf gar keinen Fall Mittelmaß sein wollte.

April 2014

*Mein lieber Viktor,*

ich musste meine Erzählung unterbrechen, weil du aufgewacht warst. Du kannst noch nicht allein in den Schlaf finden. Ich muss dich hin- und hertragen. In schlauen Büchern steht, dass das nicht gut sei. Dass ein Kind lernen müsse, allein einzuschlafen, dass es sonst nicht selbstständig werde.

Seit es dich gibt, denke ich oft darüber nach, was eine gute Mutter ausmacht. Und ich denke darüber nach, was Barbara für eine Mutter war. Ich habe keine Ahnung, ob sie mich als Baby hin- und hergetragen hat, wenn ich nicht schlafen konnte. Aber ich weiß, dass sie alles gemacht hat, damit es mir möglichst gut ging. Und dazu gehörte für sie auch, dass sie mich so angenommen hat, wie ich eben bin. Dass sie mich immer meine Wege hat gehen lassen.

Vielleicht, weil sie wusste, dass das eines der schwierigsten Dinge überhaupt ist: den eigenen Weg zu finden.

Ich glaube, ich muss dir jetzt erst einmal ein bisschen über Barbaras Eltern erzählen. Ich fange mit deiner Urgroßmutter Rosa an. Sie wurde am 30. August 1926 in einem kleinen Ort in der Nähe von Günzburg geboren. Es waren ärmliche Verhältnisse in dem Eckhaus in der Annagasse, in dem Rosa mit zwei älteren Brüdern aufgewachsen ist. Es gab eine Stube und eine Werkstatt, die Buben schliefen auf Matratzen aus Stroh.

Rosas Vater Gregor war ein ganz einfacher Lohnschneider. Ihre Mutter Barbara – von ihr hat deine Großmutter ihren Namen – stammte aus einer Kleinbauernfamilie. Von ihr komme die Intelligenz in der Familie, heißt es.

Wer Anfang des 20. Jahrhunderts arm geboren wurde, der blieb es meist auch. Gregor hatte als ältestes von neun Kindern schon mit 13 Jahren die Schule verlassen, um seinem Vater in der Schneiderei zu helfen. Später nähte er für die Textilfabrik eines jüdischen Unternehmers vorgeschnittene Anzugwesten zusammen, für 1,80 Mark pro Stück. Barbara kam mit 14 in Stellung, das heißt, sie wurde Dienstmädchen bei den Besitzern einer Ziegelei. Der Erste Weltkrieg und die Wirren der Weimarer Republik machten es einem Paar wie Gregor und Barbara unmöglich, vom unteren Ende der Gesellschaft nach oben zu klettern.

Die Welt der 20er und frühen 30er Jahre in der katholischen Provinz war klein. Das Leben spielte sich großenteils in der Gasse ab, in der man wohnte. Es bestand aus Arbeit, einem kleinen Gärtle, in dem man etwas Gemüse anbaute, dem Tratsch mit den Nachbarinnen auf der Straße. Sonntags ging man in die Kirche, danach ins Wirtshaus. Ein Höhepunkt war es da schon, wenn ein Zirkus in den Ort kam und sich einer wie Gregor freiwillig für einen Kampf mit dem „Starken Mann" melden konnte. Überhaupt wurden Meinungsverschiedenheiten auch mal mit einer ordentlichen Prügelei ausgetragen. Es war auch eine herbe, raue Welt, eine Welt, in der jeder mit dem Alltagskampf beschäftigt war, in der zwischen Eltern und Kindern Distanz herrschte und kein Platz war für liebe Worte oder Umarmungen.

In der Dorfgemeinschaft gab es eine scheinbar gottgegebene, unumstößliche Hierarchie: Es gab die besseren Leut', und es gab die einfachen Leut', wie Rosas Familie, in der sich alle über einem Ausguss in der Küche gewaschen haben. Du wirst sehen, dass Rosa ihr ganzes Leben lang versucht hat, diese Annagassen-Kindheit hinter sich zu lassen.

Rosa war ein hübsches Kind mit hellbraunen Locken, später ein ziemlich selbstbewusst guckender Teenager, klein und zart von Statur, aber mit einer komplizierten Intelligenz, die ihr ins Gesicht geschrieben stand. Schon auf frühen Fotos sieht man, dass Rosa bei aller Armut Wert darauf gelegt hat, wie sie aussah. Die Haare waren immer gut frisiert, die selbst geschneiderten Kleider und Mäntel trotz aller Einfachheit immer ein bisschen besonders.

Rosa hatte schon immer ihren eigenen Kopf, weshalb sie mit den rigiden Strukturen der Nationalsozialisten, in die sie hineinwuchs, nichts anfangen konnte. Deine

Urgroßmutter war keine Sophie Scholl, aber sie hat sich eben nicht einfach eingefügt, weil ihr alles, was die Masse macht, bis heute suspekt ist. Zum Beispiel drückte sie sich um die Mitgliedschaft im Bund Deutscher Mädel, indem sie in ihrem Heimatort sagte, sie sei in der nächstgrößeren Stadt Mitglied, und umgekehrt. Wenn ich sie heute frage, was sie damals über die Nazis gedacht hat, dann sagt sie, dass sie sich überhaupt keine politischen Gedanken gemacht habe. Sie sei mit Jung-Mädels-Dingen beschäftigt gewesen: mit der ersten Liebe, dem neuesten UFA-Film, der Frage, wo man in Kriegszeiten Stoff für ein neues Kleid herbekommt. Der Rest war einfach so.

Und dazu gehörte, dass ihr Vater Gregor von den Nazis als Wachmann im Fliegerhorst angestellt wurde und das erste Mal in seinem Leben ein regelmäßiges Gehalt bekam.

Aber dazu gehörte eben auch, dass die Juden, die in Rosas Heimatort gut ein Drittel der Bevölkerung ausmachten und mit ihren kleinen Fabriken und Geschäften die Oberschicht des Ortes bildeten, erst boykottiert wurden und irgendwann einfach weg waren.

Fast ihre gesamte Jugend und Schulzeit hat Rosa im Krieg verbracht. Trotzdem gab es so etwas wie ein normales Leben, in dem sie ins Kino ging, sich mit Freunden traf, in den Bergen wanderte oder auf selbst zusammengezimmerten Skiern unterwegs war. Rosa war schlau, und mit der Unterstützung ihres ältesten Bruders kam sie als eines der wenigen Mädchen aus ihrem Ort aufs Gymnasium. Zuerst ins zehn Kilometer entfernte Günzburg, dann ins

25 Kilometer entfernte Ulm. Der Schulweg wurde in den letzten Kriegsjahren immer gefährlicher. Jeden Tag fuhr Rosa mit dem Zug in die zunehmend zerbombte Stadt, bis auch ihre Schule nur noch Schutt war. Erst 1946 hat sie ihr Abitur gemacht.

Wenn du eines Tages an die Universität gehen möchtest, wird es selbstverständlich sein, dass dein Vater und ich dir ein Studium ermöglichen. Rosas Traum war es, in München Chemie und Biologie zu studieren, vielleicht Lehrerin zu werden. Aber die Studienplätze waren für die Kriegsheimkehrer reserviert. Und außerdem hatte Rosas Familie kein Geld für ein Studium. Sie ist immer wieder nach München gefahren und hat dort Schulfreunde besucht, die in kleinen Zimmern bei älteren Damen zur Untermiete wohnten. Eine Zeit lang hat Rosa in der Mensa-Küche gearbeitet und auf einen Studienplatz gewartet. Aber dann hat sie sich für einen anderen Weg entschieden:

Die Heirat mit Günther, dem Sohn einer reichen Günzburger Familie, den sie aus der Schule kannte, war ein gesellschaftlicher Aufstieg. Aber man ließ Rosa auch spüren, dass sie eigentlich nicht die angemessene Partie für Günther darstellte.

Alles, was ich dir hier erzähle, weiß ich natürlich auch nur aus Erzählungen. Und es ist so eine Sache, wenn eine Geschichte von einem zum anderen gereicht wird: Sie verändert sich. Das ist ein bisschen wie beim Flüsterpost-Spielen. Aber wahrscheinlich gibt es sowieso keine eine Wahrheit, wenn es um Familiengeschichten geht.

Rosa hat mit Günther in einem der schönen alten Häuser auf dem Marktplatz gelebt und 1950 Barbara zur Welt gebracht. Gemeinsam mit Günthers Eltern haben sie ein Restaurant und Hotel betrieben. Rosa musste sich den Schwiegereltern unterordnen. Das war für einen eigenwilligen Geist wie sie nicht einfach. Ablenkung bot ihr immerhin das bunte Völkchen, das im Hotel abstieg: mondäne Amerikanerinnen, die ihre in Günzburg stationierten Männer besuchten, Handelsvertreter und Geschäftsreisende aus anderen Teilen Deutschlands.

Als Barbara ungefähr vier Jahre alt war, hat Rosa Günther verlassen. Auf dem bayerisch-katholischen Land war eine Scheidung damals ein Skandal. Eine geschiedene Frau allein mit Kind hatte es in den 50er Jahren schwer, ihr stand, weil sie sich getrennt hatte, keinerlei Unterstützung zu. Du musst dir vorstellen, dass Frauen zu dieser Zeit ohne Erlaubnis des Mannes noch nicht einmal ein Konto eröffnen konnten oder einen Arbeitsvertrag unterschreiben durften.

Für Barbara müssen die Trennung der Eltern und die darauffolgende zunehmende Entfremdung von ihrem Vater prägende Erfahrungen gewesen sein. Rosa reiste für ein paar Monate allein nach Amerika, wo sie Freunde hatte. Sie wollte sich dort ein neues Leben aufbauen und Barbara, die währenddessen von den Großeltern versorgt wurde, nachholen, wenn alles geregelt wäre. Aber dazu kam es nicht. Rosa fasste in Amerika nicht richtig Fuß. Sie schlug sich als Küchenhilfe in Restaurants durch und merkte bald, dass der Existenzkampf dort mindestens ebenso hart war wie in der Welt, die sie verlassen hatte. Ziemlich bald schon wollte sie zurück nach Deutschland.

Und hier kommt Heinz ins Spiel, der später ihr zweiter Mann wurde. Aber davon erzähle ich dir das nächste Mal. Denn jetzt muss ich erst einmal ein bisschen schlafen, bevor du wieder wach wirst und ich dich sicher wieder in den Arm nehme, um dich in den Schlaf zu wiegen.

Mai 2014

*Mein lieber Viktor,*

wie versprochen erzähle ich dir jetzt etwas über deinen Urgroßvater Heinz. Du wirst jetzt zu Recht sagen, dass er gar nicht dein richtiger Urgroßvater ist. Das stimmt, dein „richtiger" Urgroßvater ist Günther. Aber Barbara hatte erst wenig und später gar keinen Kontakt zu ihrem leiblichen Vater. Ich habe Günther deshalb nie richtig kennen gelernt, stattdessen hat sich Heinz für mich immer wie mein „richtiger" Großvater angefühlt. Deshalb finde ich, dass dass du ihn besser kennenlernen solltest.

Heinz kam eigentlich aus dem Norden Deutschlands. Er war ein echter Spross des preußischen Bürgertums, Sohn eines Bahnbeamten, und stammte damit aus einer viel wohlhabenderen Schicht als Rosa. Weil sein Vater Gustav oft versetzt wurde, wuchs Heinz in Hannover, Bielefeld und Magdeburg auf. Drei Mädchen verloren Gustav und seine Frau Friederike im Säuglingsalter. Das vierte Kind überlebte: ein Junge, geboren am 30. November 1918, nur wenige Tage nach dem Ende des Ersten Weltkriegs. Sie nannten ihn Heinrich-August Gustav, und er wurde ein verhätscheltes „Bübchen", das seine Nachmittage oft mit der Mutter beim Kaffee mit alten Tanten verbrachte, wie Rosa später gern gewitzelt hat.

In Heinz' Familie wusch sich keiner über dem Ausguss oder schlief auf Matratzen aus Stroh. Hier wurde von Silberbesteck gegessen, in den Schränken stapelte sich die bestickte Aussteuer-Wäsche, Heinz' Vater war Mitglied im Kegelclub, die Mutter ging zur evangelischen Bibelstunde. Man fuhr zum Badeurlaub zu den Verwandten an die Nordsee oder zur Sommerfrische ins bayerische Hochgebirge. Auf einem Bild aus dieser Zeit sieht man den vielleicht acht, neun Jahre alten Heinz zwischen seinen stattlichen Eltern in der Nordsee stehen. Der Vater mit Glatze und Schnurrbart, ein massiger Mann im schwarzen Badekostüm, an dem sich jede Welle bricht. Die Mutter, matronenhaft, mit rüschenbesetzter Badekappe.

Der Anfang des 20. Jahrhunderts war die Zeit des Bürgertums, das vor Selbstbewusstsein, Standes- und Nationalstolz fast zu platzen schien und auch nach dem verlorenen Ersten Weltkrieg nur danach lechzte, diese Schmach wieder auszuwetzen. Junge Männer wie Heinz wurden in der Gewissheit erzogen, alles schaffen zu können für sich und für die Nation, wenn sie neben ihrer guten Herkunft nur auch die preußischen Tugenden pflegten, die Ordnung, die Verlässlichkeit, die Disziplin und den Gehorsam.

Heinz entschied sich 1936 für die prestigeträchtige Laufbahn eines Offiziersanwärters und ging nach dem Abitur, nach dem Büffeln von Latein und Altgriechisch in einem humanistischen Gymnasium, das ich mir so ähnlich wie in dem alten lustigen Film „Die Feuerzangenbowle“ vorstelle, direkt auf die Kriegsschule nach München.

Es müssen flotte Jahre in München gewesen sein. Motorradfahren und Reiten gehörten zur Ausbildung. Die jungen Offiziersanwärter waren überall gern gesehen und bei den Mädchen begehrt. Heinz sah hervorragend aus: groß, blond, blauäugig, das Gesicht ebenmäßig, die Linien klar. Oft wusste er gar nicht, welchen der Hausbälle, zu denen er in großer Häufigkeit eingeladen wurde, er zuerst besuchen sollte. Ich weiß nicht, ob ihm klar war, wie kurz der Krieg bevorstand und wie sehr dieser Krieg sein Leben, das Land und die Geschichte verändern würde. Und, falls ja, ob er ihn, wie viele im deutschen Bürgertum, herbeisehnte oder sich im Verborgenen manchmal davor fürchtete.

Die Offizierslaufbahn sei für ihn erst eine große Chance gewesen, dann eine große Pflicht, so hat Heinz mir das erklärt. Als er 21 Jahre alt war, begann der Zweite Weltkrieg. Heinz kämpfte erst in Frankreich, ab 1941 im Vernichtungskrieg gegen Russland. Er war dabei, als die 6. Armee Städte wie Minsk, Smolensk und Kiew einnahm, dann vor Moskau vom mörderischen russischen Winter überrascht wurde, und auch, als 1942 die Jahrhundertschlacht um

Stalingrad begann. Und als Heinz' Vorrat an Pflichtbewusstsein endgültig aufgebraucht war, saß der einst strahlende Oberstleutnant, wie ihn seine Kameraden genannt hatten, im Kessel von Stalingrad und kämpfte mit in einem Häuserkampf gegen die Russen, den nur wenige überlebten.

1943 ging Heinrich-August Gustav mit 24 Jahren in russische Gefangenschaft. „Sturzbetrunken", wie er später erzählt hat, weil er und die Kameraden, als sie merkten, dass nun das Ende nahte, die allerletzten Proviantreste versoffen. Er sollte acht Jahre in russischen Lagern bleiben, zweimal die Malaria überleben, im Straßenbau schuften, Russisch lernen, in einer Lagerband Triangel spielen und am Ende, abgemagert auf 45 Kilogramm, zurück zu seiner Mutter nach Magdeburg kommen, die bis dahin nicht wusste, ob er noch lebte. Heinz ist einer von 6000 ehemaligen Soldaten, die aus der Schlacht von Stalingrad zurückkehrten. Mehrere hunderttausend sind darin und in der Gefangenschaft danach ums Leben gekommen.

Ich kann mir das gar nicht vorstellen, wie einer, der so tief in den Abgrund geschaut hat, dessen Ideale im russischen Winter erfroren sind, der gesehen hat, wozu Menschen fähig sind und wozu auch er selbst fähig ist, zurück ins Leben finden konnte.

Viele Männer der Kriegsgeneration waren verbittert und zerstört. Sie kamen körperlich und seelisch verwundet aus dem Krieg und aus der Gefangenschaft zurück und haben ihre Wunden unter einer dicken Schicht Verbitterung verborgen. So herrschte in vielen Familien Schweigen.

Bei Heinz hat diese existenzielle Erfahrung etwas anderes bewirkt. Ich glaube, sein unerbittlicher Optimismus, mit dem er Rosa bisweilen nervte, gründete sich auf die Erfahrung von Krieg und Gefangenschaft und darauf, dass er überlebt hat. Ich bin an einem 8. Dezember geboren. Der 8. Dezember war aber auch der Tag, an dem Heinz seinen zweiten Geburtstag feierte, weil er an diesem Datum, mit 32 Jahren, aus der Gefangenschaft entlassen worden war.

Heinz hat mit mir oft und offen über die Zeit im Krieg geredet. Und auch über die Gefangenschaft. Er war nicht wütend auf die Russen. Er hatte sogar Verständnis für sie. „Wir haben sie angegriffen. Fast 30 Millionen Russen sind gestorben. Wie hätten sie uns denn anders behandeln sollen?“, hat er gesagt. Mit Rosa ist er mehrere Male nach Russland gefahren, um die Soldatenfriedhöfe zu besuchen und um die Orte zu sehen, die er nur aus dem Krieg kannte.

In den 90er Jahren habe ich mit ihm eine Wehrmachtsausstellung besucht, die sehr umstritten war. Viele Deutsche wollten nicht glauben, dass Wehrmachtsangehörige, ihre eigenen Väter, Großväter und Brüder, grausame Dinge getan hatten. Heinz aber hat gesagt, dass es stimme, dass Dinge passiert seien, die verbrecherisch waren. Dann erzählte er mir, wie sie die Stadt Kiew eingenommen haben. Auf dem Weg dorthin lag eine Psychiatrie. Sie haben die Heiminsassen gefangen genommen und ohne Essen sich selbst überlassen. So lange, bis sich die Leute gegenseitig aufgegessen haben. Dein Urgroßvater hat das nie vergessen. Und ich auch nicht.

Als Heinz nach Magdeburg zurückkehrte, lag die Stadt seiner Jugend in der russischen Besatzungszone, der späteren DDR. Einen erfahrenen Kämpfer wie Heinz konnte man dort gut gebrauchen. Die Russen wollten ihn zur Polizei holen. Aber weil Heinz sich in der Gefangenschaft geschworen hatte, nie wieder Pflicht und Gehorsam über den Menschen zu stellen, machte er sich vor den russischen Besatzern ziemlich spontan davon. Eines Nachts überquerte er die damals noch offene grüne Grenze in den Westen. In der Würzburger Lederfabrik einer befreundeten Familie konnte er als Handelsvertreter anfangen. Eigentlich wollte Heinz mal Jura studieren. Aber dafür war nach dem Krieg kein Geld mehr da.

Die Arbeit als Handelsvertreter war immerhin ein Anfang. Und sie war auch der Anfang von Rosas und Heinz' Geschichte. Denn Heinz kam oft in die bayerisch-schwäbische Provinz, um den dortigen Handschuhmachern Leder zu verkaufen. Dass gerade in dieser Gegend so viele Handschuhmacher ansässig waren, hatte auch mit dem Krieg zu tun. Die Handwerker stammten aus den ehemaligen deutschen Gebieten im Osten und waren nach dem Krieg als Flüchtlinge hierhergekommen. Wenn Heinz in der Gegend zu tun hatte, übernachtete er im Hotel. Und zwar genau in jenem Hotel, das Rosa mit ihrem ersten Mann und den Schwiegereltern betrieb. Und jetzt weißt du, wo sich die beiden kennengelernt haben.

Ich vermute, Heinz war schon länger in Rosa verliebt und hat sie umworben. Aber sie wollte ja erst einmal nach

Amerika. Während Rosa in Amerika war, haben sie Kontakt gehalten. Es war Heinz, der Rosa am Ende die Schifffahrt zurück nach Deutschland bezahlt hat. Und es war Heinz, der sie dann in Bremerhaven abgeholt hat.

Die Geschichte deiner Urgroßeltern ist eine Geschichte, wie sie wahrscheinlich oft im Nachkriegsdeutschland passiert ist. Der Krieg hat viele Menschen gezwungenermaßen in Bewegung gesetzt. Und manchmal ist aus diesem Unglück ein großes Glück entstanden.

Nach ihrer Heirat zogen Rosa und Heinz in eine winzig kleine Wohnung, die nicht auf dem Marktplatz in der Oberstadt von Günzburg lag, sondern in der Unterstadt, wo die einfacheren Leute lebten. Und hier fingen die mittellose, geschiedene Mutter und der Kriegsheimkehrer ohne Ausbildung 1956 gemeinsam bei null an. Heinz verkaufte das Leder einer großen Karlsruher Fabrik an die Handschuhmacher in der Umgebung, Rosa richtete mit ihrem Sinn für Design und mit einfachsten Mitteln die Wohnung im Stil der 50er Jahre ein. Es gab ein rot-weiß gestreiftes Sofa, schwarz-weiß gestreifte Sessel, weiße, zierliche Wohnzimmermöbel und ein String-Regal. Im Vergleich zu den schweren dunklen Holzmöbeln im Hotel ihrer Ex-Schwiegereltern muss diese neue Wohnumgebung wie eine Befreiung gewirkt haben.

Es gibt tolle Fotos aus dieser Zeit. Rosa im blauen Petticoatrock, Heinz im Anzug, Barbara in einem weißen Rüschenkleid und die 1957 geborene Tochter Nina im Taufkleid mit Spitzen. Glücklich sehen sie aus und auch ein bisschen stolz. Rosa lächelt und hat ihren Hollywood-Blick aufgesetzt.

Ende der 50er Jahre holte Heinz seine Mutter Friederike aus Magdeburg nach Schwaben. Die stattliche preußische Dame zog mit ihrer gesamten wilhelminischen Aussteuer – mit der bestickten Wäsche, mit den Kristallkaraffen und dem zwölfteiligen Silberbesteck, mit alten Truhen und Schränken – in die Zwei-Zimmer-Wohnung im Kleinbürgerviertel, umgeben von einem Milieu, das sie schon rein phonetisch gar nicht verstand. Nur ein Jahr nach ihrem Umzug starb sie.

Rosa und Heinz arbeiteten viel und sparten viel. 1960 bauten sie ein großes, schönes Haus in einem Neubauviertel am Stadtrand, mit Lederlager und eigenem Büro. Auch Rosas Eltern, Gregor und Barbara, zogen mit ein.

Sie arbeiteten noch immer für die Lederfabrik: Heinz als Vertreter, Rosa organisierte das Büro zu Hause. Die Kleinfamilie machte jetzt Urlaub in Rimini und auf der Insel Raab. Rosa ließ für sich und die Mädchen Kleider bei der Schneiderin nähen. Die Annagasse war in diesen Wirtschaftswunderjahren schon ein gutes Stück weit weg. Aber dann ging die Karlsruher Lederfabrik Anfang der 70er Jahre in Konkurs. Rosa und Heinz standen noch einmal vor dem Nichts.

Sie beschlossen, ihren eigenen Lederhandel aufzuziehen, kauften Rohleder aus Schweden, Norwegen, Südamerika und verkauften es an Firmen, die daraus Handschuhe machten, Jacken oder Sofabezüge. Das Geschäft lief immer besser, und am Ende verdienten sie so viel Geld, wie sie es als Angestellte nie geschafft hätten.

Es gibt einige Filmaufnahmen aus dieser Zeit. Darauf sieht man Rosa und Heinz und ihren Freundeskreis in den 70er Jahren bei verschiedenen privaten Festen und Einladungen. Alle waren schön herausgeputzt. Die Frauen trugen toupierte Frisuren und lange, bunte Samtkleider mit Blütenmustern, die Männer lange Koteletten und sehr breite Krawatten. Heinz' Haar war schon grau, aber immer noch voll und gelockt. In dieser Zeit sah er aus wie Johannes Heesters in seinen besten Jahren. Und Rosa – Rehaugen, braunes Haar in sanften Wellen – wirkte mit fast 50 wie eine 35-jährige Liz Taylor. Es wurde viel gelacht auf diesen Aufnahmen, an feinstieligen Gläsern genippt, geraucht und Jive getanzt. Deine Urgroßeltern waren Teil einer illustren Kleinstadt-Gesellschaft geworden, die es zu etwas gebracht hatte und die jetzt das Leben genoss, ohne an gestern oder morgen zu denken, die sich jetzt begierig, und ohne zu hinterfragen, all das nahm, von dem sie dachte, dass es ihr auch zustand.

Heinz ist bis zu seinem Tod im Jahr 2000 in Bayerisch-Schwaben geblieben. Er war dort immer ein bisschen ein Exot. Mit 1,82 Metern hat er die meisten süddeutschen Männer in seiner Umgebung um einen halben Kopf überragt. Und dann der Name: Heinrich-August Gustav. So hieß im Süden kein Mensch. Außerdem sprach er lupenreines Hochdeutsch, war evangelisch und bekennender

SPD-Wähler. Das waren in Günzburg sonst nur Frauen mit langen Doppelnamen.

Rosa hat sich köstlich darüber amüsieren können, Heinz schwäbische Sätze sagen zu lassen. Denn trotz 50 Jahren in Bayerisch-Schwaben hat er den Dialekt, der eher durch die Nase als durch den Mund gesprochen wird, nicht angenommen. Manchmal tat er Rosa den Gefallen und sagte Sätze wie: „Wo gasch na?!"

Ich habe von meinem Großvater viel gelernt. Latein zum Beispiel habe ich oft mit ihm gemeinsam geübt. Dass man ein belegtes Brot mit Messer und Gabel essen kann und die Mittagstafel erst verlassen darf, wenn man gefragt hat – das sind Dinge, die ich von ihm weiß.

Falls du jetzt den Eindruck hast, dass dein Urgroßvater Heinz ein ziemlich steifer Typ war, liegst du falsch. Er war ein warmherziger, optimistischer und gut gelaunter Mensch. Deine Urgroßmutter, die eher zum Pessimismus – sie nennt das Realismus – neigt, hat ihn für seinen Frohgemut immer halb bewundert, halb belächelt. Ich glaube, die beiden haben sich ideal ergänzt, oder sagen wir so: Ihre Stärken haben sich ergänzt, ihre Schwächen ausgeglichen. Wo sie zu pessimistisch war, ging Heinz heiter voran. Wo ihm seine preußische Korrektheit im Weg stand, glich sie mit katholischer Schlitzohrigkeit aus. Deine Urgroßmutter hat mir mal gesagt, dass in einer Beziehung der Mann die Frau immer ein bisschen mehr lieben muss. Es mag sein, dass das in ihrer Beziehung so war, aber sie waren sich trotzdem immer ebenbürtige Partner.

Jetzt, wo du die Geschichten deiner Urgroßeltern kennst, wirst du vielleicht gleich besser verstehen, warum Heinz und Rosa nicht wollten, dass Barbara das „gemachte Nest“, das friedliche Leben in der Kleinstadt aufgab. Ich glaube, sie waren so froh und stolz auf das, was sie sich gemeinsam aufgebaut hatten, dass sie es nicht verstehen konnten, sondern im Gegenteil unerhört und unverschämt fanden, dass dieses Leben für Barbara die reine Spießerhölle war, die sie möglichst schnell verlassen wollte. Diese Abgrenzung muss für die Eltern wie ein direkter Angriff auf all das gewesen sein, was ihr Leben ausmachte. Und vermutlich war es von Barbara auch ganz genau so gemeint.

Aber eins nach dem anderen. Du weißt ja noch gar nicht, wie es mit der „maßleidigen“ jungen Frau nach der Schwesternschule weiterging. Das erzähle ich dir bald.

Mai 2014

*Mein lieber Viktor,*

heute waren wir zusammen im Park, haben auf einer Decke gelegen und lange in die Bäume geschaut, die der Wind kräftig durchgepustet hat. Du magst Bäume sehr und kannst dich lange damit beschäftigen, den Blättern beim Tanzen zuzusehen. Ich habe mich daran erinnert, wie ich einmal mit deiner Großmutter Barbara auf einer Bank am Birketweiher saß. So heißt der kleine See in der Nähe des großen Hauses von Rosa und Heinz. Das Wasser ist umstanden von vielen großen Kastanienbäumen. Barbara hatte ein paar der glänzendbraunen Kastanien aufgesammelt, die sie so gern in der Hand hielt, weil sie sich so gut anfühlen. Deine Großmutter war damals schon sehr krank. Es war der Herbst, in dem sie gestorben ist, und wir sind damals oft spazieren gegangen. Nur ein paar Schritte. Mehr ging meist nicht. Auf der Bank hat mich Barbara gefragt, ob ich glaube, dass alles wieder gut wird. Sie meinte damit, ob sie wieder gesund wird. Und ich habe Ja gesagt. Obwohl ich Nein gefühlt habe. Wir haben bis zu ihrem letzten Tag nicht über den Tod gesprochen. Wir haben das einfach ausgeklammert. Sie wollte das so. Deine Großmutter war eine starke Frau, aber in ihrem letzten Krankheitsjahr war sie sehr schwach. Sie hat der Krankheit nicht die Stirn geboten, sie hat sich vor ihr gefürchtet. Und ich habe mich mitgefürchtet. Ich glaube, die Angst hat uns sprachlos gemacht.

Die Zeit, über die ich dir eigentlich erzählen will, ist eine Zeit, in der Barbara sehr mutig war. Es waren ihre Wanderjahre im wortwörtlichen Sinn.

Barbara flog am Ende doch nicht aus der Ausbildung in der Psychiatrie. Sie hat sie zu Ende gebracht. Aber danach ist sie gleich weggegangen. Erst nach Ulm, dann nach Tübingen. Sie hat in psychiatrischen Einrichtungen gearbeitet und eine sozialpsychiatrische Zusatzausbildung gemacht.

Tübingen war damals eine Hochburg der Achtundsechziger-Bewegung. Barbara wohnte in einer Wohngemeinschaft, einer „WG“. Deine Urgroßmutter Rosa hat oft die

Geschichte erzählt, wie sie Barbara besuchen fuhr und die Wohnung schon von außen daran erkannt hat, dass keine Vorhänge an den Fenstern hingen. Damals war es schon revolutionär, keine Vorhänge an den Fenstern zu haben. Aber nicht nur die Vorhänge haben in den WGs gefehlt, sondern teilweise auch die Türen. Die Achtundsechziger haben neue Formen des Zusammenlebens und der Beziehung ausprobiert. Alles sollte für alle offenstehen. Sie wollten weg von der „spießigen" Zweierbeziehung zwischen Mann und Frau und ihrer Steigerung, der Kleinfamilie. Ich glaube, Barbara hat vieles ausprobiert. Zwar hat sie mit mir nie über so etwas gesprochen. Aber sie hat mir immer vorgeworfen, dass meine Generation schrecklich spießig sei, weil wir wieder die Paarbeziehung als Ideal lebten. Zu ihrer Zeit war vieles denkbar. Es gab Kommunen, in denen sich Menschen zusammentaten, um gemeinsam zu leben, zu lieben und Kinder großzuziehen.

Barbara war damals von solchen Ideen begeistert. Sie hat immer das Unkonventionelle gemocht. Mit ihrem Freund Thomas reiste sie viel, einmal fuhren sie mehrere Wochen mit einem VW-Bus durch die Wüste Sahara.

Als Barbara Tübingen verließ, zog sie in die Nähe von Lüneburg. Dort gab es damals eine psychiatrische Klinik, die versuchte, unkonventionelle Wege zu gehen. Die Patienten lebten in gemischten Gruppen, hatten mehr Rechte und Freiheiten als anderswo, es gab mehr Therapeuten, die sich um sie kümmerten. Das Ziel war, die Kranken möglichst schnell wieder in ihr altes Leben, in die Gesellschaft zu integrieren. Nach ihren Erfahrungen aus der Ausbildung klang das für Barbara wie ein Psychiatrieparadies. Aber je länger sie dort war, umso ernüchterter war sie. „Das letzte Wort hat auch hier in der Modelleinrichtung der allmächtige, allwissende Therapeut. Totale Institution mit pseudoliberalem Anspruch", schreibt sie in ihr Tagebuch.

Ja, du liest richtig: Tagebuch. Ich habe es gefunden, als ich nach Barbaras Tod das Reihenhaus, in dem wir gewohnt haben, ausgeräumt habe. Das Tagebuch lag in einer Reißverschlusstasche im hintersten Winkel des Kellers, in einem Kabuff, in dem Barbara jede Menge Ordner, Fotos, Briefe und Muttertagsbasteleien aufbewahrt hat. Es war ihr Archiv. In der Reißverschlusstasche waren noch ein paar andere Sachen: handgeschriebene Briefe in Luftpostumschlägen, ein Prospekt von einem Kibbuz am See Genezareth in Israel und gepresste Bougainvillea-Blüten. Das Tagebuch hat einen roten Leineneinband. „Barbara" steht in schwarzen Druckbuchstaben darauf. Das Tagebuch beginnt am 20. Januar 1977 in Lüneburg, und es endet etwa eineinhalb Jahre später in Israel. Und jetzt weißt du auch, woher ich ihre Geschichte so genau weiß.

Barbara hat in Lüneburg nicht das gefunden, was sie erwartet hatte. Noch dazu verliebte sie sich unglücklich in einen verheirateten Arzt, mit dem sie eine Affäre hatte. Barbara fand in Lüneburg aber auch gute Freundinnen: Emmi und Christine. Mit Christine, die auch aus Bayern stammte, verstand sie sich besonders gut. Ich glaube, dass sich in Barbara und Christine zwei gesucht und gefunden haben, die ebenso abenteuerlustig wie auf der Suche waren.

26 Jahre alt war Barbara damals. In ihrem Heimatort war man in diesem Alter verheiratet, hatte Kinder und ein Haus gebaut. Barbara hatte zu dem Zeitpunkt keinen Plan, was aus ihr werden sollte. Das lese ich aus ihrem Tagebuch. Ihre Gedanken, Gefühle und Ideen hüpfen darin wild hin und her. Mal war sie in Thomas verliebt, dann ganz schrecklich in Hannes, den Arzt. Mal vermisste sie Tübingen, wollte unbedingt zurück in den Süden zu den „sanften Hügeln", dem „Goldregen" und den „Spätzle", dann wieder suchte sie nach anderen Jobs in Lüneburg. Sie schrieb schöne Liebesgedichte, die aber immer ein bisschen traurig endeten. Sie überlegte, was das Leben vor dem Tod sein soll, beklagte, dass man eine „Maske" tragen müsse, wenn man Erfolg haben wolle. Sie fragte sich, warum man eigentlich die Psychiatriepatienten in diese „kranke Gesellschaft" integrieren soll. Überhaupt: Was ist schon normal und was ist krank?, fragte Barbara. Und sie schrieb diesen bekannten, mittlerweile etwas abgedroschenen Spruch in ihr Tagebuch: „Sei nicht das Öl im Getriebe der Welt, sondern der Sand."

Vielleicht sind das ja Fragen, die du dir auch eines Tages stellen wirst, vielleicht sind das Fragen, die sich jeder stellt, wenn er Mitte 20 ist.

Im Sommer, 77 schrieb Barbara: „Zu viele Träume durchstreifen mich. Aber ich glaube an die Realität meiner Träume. Meine Sommerträume ziehen dahin, weit, in ein fernes Land." Ich weiß nicht genau, wann die Entscheidung fiel, aber Christine und Barbara beschlossen irgendwann, auf eine lange Reise zu gehen. Weg aus Lüneburg, weg aus Deutschland, weg von unglücklichen Liebesgeschichten.

Bevor sie aufbrachen, fuhr Barbara im September ein letztes Mal nach Hause zur Beerdigung ihrer Großmutter Barbara, der Mutter von Rosa. Barbara hatte eine enge Verbindung zur ihrer Großmutter gehabt und war sehr traurig. „Ich fühle selbst den Tod in mir", schrieb sie.

Ich weiß nicht viel über meine Urgroßmutter Barbara, die im Jahr 1894 auf die Welt gekommen ist. Von ihr stamme die Intelligenz in der Familie, der Quergeist, aber auch die Bescheidenheit und die Angewohnheit, nicht zur Kirche zu gehen, so lautet die innerfamiliäre Überlieferung.

Ich glaube, der Tod ihrer Großmutter, dieser klugen Frau, der die Umstände verwehrt haben, aus ihrer Intelligenz etwas zu machen, hat Barbara den letzten Anstoß gegeben, die Reise zu wagen. Vielleicht waren es auch die „drängenden Fragen" ihrer Mutter Rosa, die wissen wollte, wie es denn mit ihr weitergehe, und für die Barbara keine Antworten hatte. „Es ist alles offen", heißt es im Tagebuch.

Anfang Oktober räumten Christine und Barbara ihre Zimmer in Lüneburg aus, trafen noch einmal ihre Freunde. Dann ging es los.

Mai 2014

*Mein lieber Viktor,*

am Samstag haben wir ein großes Willkommensfest für dich gefeiert mit allen Menschen, die uns wichtig sind und die dir hoffentlich Wegbegleiter werden. Deine Verwandten haben für dich musiziert, meine Freundin Julia hat ein extra komponiertes Klavierstück gespielt, und es wurden einige Reden gehalten. Deine Großtante Nina zum Beispiel hat dir viele Wünsche mit auf den Weg gegeben. Unter anderem, dass du immer „neue Ideen" haben sollst. Sie hat dann erzählt, dass ihre Schwester, deine Großmutter Barbara, als junge Frau viele solcher neuen Ideen hatte. Eine davon war, auf eine lange Reise zu gehen. Und wenn sie diese Idee nicht in die Tat umgesetzt hätte, dann gäbe es mich nicht – und dich auch nicht.

Im Oktober 1977 also starteten Christine und Barbara Richtung Süden. Das Ziel war Griechenland, der Weg dorthin würde sich ergeben. Damals reisten noch viele Leute per Anhalter. Sie standen am Straßenrand und streckten den Daumen raus. Irgendwann hielt dann jemand und nahm sie ein Stück mit. Barbara und Christine reisten durch das Land, das damals noch Jugoslawien hieß. Über die Fahrt selber schrieb Barbara nichts. Wahrscheinlich saßen sie viel in heißen Autos, während die Landschaft draußen ihre Farbe und Gestalt änderte. Wahrscheinlich haben sie viele Zigaretten geraucht und sich ausgemalt, wie es wohl in Griechenland sein würde. Als Barbara schon meine Mutter war und ich ein Teenager, hat sie mir strikt verboten, per Anhalter zu fahren. Ich habe das dann trotzdem getan. Allerdings nicht bis nach Griechenland, sondern nur quer durch den Landkreis, um auf irgendwelche Partys oder in die nächste Disko zu kommen.

Irgendwann tauschten Barbara und Christine das Auto gegen eine Fähre und landeten auf der Insel Kreta. Der Herbst auf Kreta muss wunderbar gewesen sein. Die Orangenbäume hingen voller Früchte, es gab Oliven und Trauben. Sonnenstrahlen fingen sich darin. Es war nicht mehr hochsommerlich heiß, aber noch warm genug, um auf einem Bett aus Klee unter Olivenbäumen oder Weinranken im Freien zu schlafen. Die beiden schliefen oft im Freien. Barbara lag dann wach und beobachtete die Sterne, die sich im Meer spiegelten, oder hörte den Grillen bei ihrem Konzert zu. Zum Frühstück gab es Vogelgezwitscher und frischen Joghurt mit Honig in kleinen Cafés. Barbara las Hermann Hesse – „Peter Camenzind" und „Der Steppenwolf" –, Lektüre für eine junge Frau, die nach sich selbst sucht. Ich habe als Teenager auch viel Hermann Hesse gelesen, irgendwann war mir das aber alles viel zu pathetisch.

Ich glaube, Barbara fühlte sich sehr frei auf dieser Reise. Sie beschrieb eine Landschaft voll Oliven-, Mandel- und Zitronenbäumen, die Felsen und die Sonne. Alles war herrlich: der Schlaf, eine griechische Zigarette, das Weißbrot. „Ich wandere mit Rucksack und Schlafsack die Westküste entlang", schrieb sie am 5. November. Aber sie dachte offenbar auch über ihre Arbeit nach und schrieb mehrere

Seiten aus dem „Steppenwolf" ab. Darin ging es um die Frage, ob der Mensch eine Einheit sein muss oder sich nicht vielmehr in verschiedene Ichs aufspalten kann. Die Diagnose Schizophrenie, so Hesse, sei ein Irrtum, der dazu führe, dass die Gesellschaft viele Genies für verrückt halte.

Jeden Tag entschieden sie und Christine aufs Neue, was sie unternehmen wollten. Manchmal halfen sie bei der Olivenernte, manchmal saßen sie den ganzen Tag einfach nur im Café, manchmal sahen sie sich ein Städtchen an, durchwanderten die Samaria-Schlucht oder besuchten die Fresken von Kritsa. Manchmal übernachteten sie in einer Höhle, dann wieder am Meer, oder ein Kneipenwirt ließ sie in seinem Gastraum schlafen. Einmal beschlossen sie, Kreta zu Fuß zu durchqueren. Viele Tage dauerte das, stunden- und tagelang trafen sie keinen anderen Menschen. Damals gab es kein Handy. Wäre ihnen etwas passiert, es hätte wahrscheinlich lange niemand erfahren. Sonst allerdings trafen die beiden jede Menge anderer Reisender. Damals zogen viele junge Leute mit dem Rucksack und wenig Geld durch die Welt, das Reisen war noch etwas anderes als heute, die Welt war weniger erschlossen, das Internet noch ein Experiment des US-Militärs. Man musste seinen Weg selbst finden.

Trotz dieser Freiheit wanderten die Gedanken auch immer wieder zurück nach Hause. Christine und Barbara warteten auf Briefe der Lüneburger Clique – aber es kamen keine. Und irgendwann hatte Barbara das Umherstreunen satt. Sie wollte sich nicht mehr jeden Abend einen neuen

Schlafplatz suchen, nicht in Cafés und Kneipen leben. „Nirgends so richtig fest zu sein, immer wieder weiter, neue Zimmer suchen, neue Orientierung ... Wir wollen ein festes Haus haben für einige Zeit“, schrieb Barbara ins Tagebuch. Irgendwie wurde ihr diese Art von Freiheit plötzlich zu viel.

Aber vielleicht war es auch der Winter, der langsam auf Kreta ankam. Es wurde kalt und ungemütlich. Es regnete viel. Ein trockenes Bett zu finden, wurde immer schwieriger. Christine hatte einen Schnupfen, und Barbara sehnte sich nach Wärme. Außerdem hatten sie nicht mehr viel Geld – für die ganze Reise hatten sie jede gerade mal 1000 Mark – und brauchten eine Möglichkeit, billig zu überwintern. Zurück nach Hause wollten sie auf keinen Fall. Wahrscheinlich waren es andere Rucksackreisende, die sie auf die Idee brachten, nach Israel weiterzuziehen. Im Tagebuch taucht dieser Plan ganz unvermittelt Anfang Dezember auf: „Anton, Judi und Gabi getroffen. Die wollen auch nach Israel. Alle Welt möchte dorthin.“

Nur Christine wollte am Anfang nicht so richtig. Sie war politisch sehr links eingestellt und damit pro-palästinensisch und stark israelkritisch. Ich weiß nicht, wie Barbara sie überzeugt hat, doch am Ende kam die Freundin mit. Mitte Dezember fuhren die beiden zurück aufs Festland. In Athen besorgten sie sich ein Flugticket.

Im Tagebuch heißt es: „Ich freue mich auf Israel, aufs Kibbuz. Ich gehe leichten Herzens weiter in ein neues Land.“

Mai 2014

*Mein lieber Viktor,*

zu Kreta ist mir noch etwas eingefallen: Ich habe mit 19 Jahren auch einmal Urlaub auf Kreta gemacht, allerdings nicht wie Barbara unterm Sternenzelt und zu Fuß, sondern als Pauschalurlauberin in einem Hotel mit Halbpension und Mietauto. Bevor ich abgeflogen bin, hat meine Mutter mir viele Tipps gegeben, was ich mir ansehen müsse: die kleinen Dörfer, die Samaria-Schlucht, die alten Fresken. Ich habe mich damals überhaupt nicht gewundert, woher sie sich auf Kreta so gut auskannte – und ich habe auch nicht nachgefragt.

Du musst nämlich wissen, dass mir deine Großmutter nie etwas über ihre große Reise erzählt hat. Dabei war es die Reise ihres Lebens. Ich habe lange nicht gewusst, wie sie meinen Vater kennengelernt hat und dass er in Israel lebt. Das war einfach kein Thema zwischen uns. Sie wollte nicht darüber sprechen, und ich wollte nicht nachfragen. Wahrscheinlich habe ich gespürt, dass ich keine befriedigenden Antworten bekommen würde.

Ich glaube, dass es in vielen Familien solche gemeinsamen Geheimnisse gibt. Fragen, die eigentlich auf der Hand liegen, aber die sich keiner zu stellen traut, weil schon Kinder ein Sensorium dafür haben, wo sich in der Familie die dunklen Ecken befinden, die niemand ausleuchten will. Es ist schon seltsam, dass man sich den Menschen, die einem am nächsten sind, oft am wenigsten öffnen kann. Vielleicht, weil man sie schonen möchte. Und sich selbst auch. Ich erzähle dir diese Geschichte auch deshalb, weil ich dieses Tabu in unserer Familie überwinden will. Und weil es trotz allem, was noch kommen wird, auch eine schöne Geschichte ist.

Israel also. Am 20. Dezember flog eine Maschine der Olympic Airways mit Barbara und Christine an Bord nach Tel Aviv. Der erste Eindruck vom Flughafen: „Leicht angespannte Stimmung. Absicherung. Kontrollen." Wer nach Israel einreisen will, muss sich bis heute durch einen Dschungel an Sicherheitskontrollen, peinlichen Befragungen und noch mehr Kontrollen schlagen.

Danach nahmen Barbara und Christine den Bus ins Zentrum von Tel Aviv, dessen lautes und hyperaktives Tohuwabohu die beiden Neuankömmlinge sofort in sich aufnahm. Tel Aviv ist eine weiße Stadt am Meer mit Hochhäusern direkt an der Strandpromenade und dahinter vielen würfelförmigen Bauhaus-Gebäuden, an deren Fassaden das Salz und der Wind nagen. Dazu kommt viel Grün: Palmen und blühende Büsche, breite Boulevards mit Alleen in der Mitte. Überall sind Cafés, Restaurants, Kioske und Falaffelstände, überall ist es voll mit jungen Leuten. Tel Aviv ist eine Stadt, die immer gut drauf ist, vielleicht, weil das Meer sie permanent an den Füßen kitzelt und es auch im Winter nie wirklich kalt wird. Aber Tel Aviv ist auch schmutzig, hektisch und rau, viele illegale Einwanderer aus Afrika stranden hier und Menschen, die es im Rest des Landes nicht geschafft haben, zurechtzukommen.

Barbara verfiel im Tagebuch in eine Art Stakkato aus Wörtern, die von ein paar Tagen in Cafés und am Strand erzählen und von dem Büro, das die Freiwilligen den verschiedenen Kibbuzim im Land zuteilte. „Bank Schalter 15 – Geld zu wenig – Café mit Quarktasche – Touristen – Autos too much – Durcheinander – tausend Fragen – Melting Pot – Bettler – Pornografie – Henna auf dem Haar – Anruf – Geld, Weihnachten – fühle mich besser, Matrosen See – bis bald – Sea of Galilee – Kibbuz – Cappuccino – Eck-Kneipe – kann Luft holen, bin freier", so ging das viele Seiten lang. Barbara war aufgeregt, schrieb von Männern, die sie blöd anmachten, von den hebräischen Schriftzeichen, die sie nicht lesen konnte, und hatte Bedenken, ob ihr der Kibbuz gefallen wird.

Christine und sie rauchten die letzten griechischen Zigaretten, dann ging es mit dem Bus los Richtung Norden, Richtung See Genezareth in den Kibbuz, dem sie zugeteilt worden waren. „Wir fahren durch leichte grüne Hügellandschaft. Ich bin sehr gespannt. In Afula kleine Pause, kaufe einen Stern vom November."

Damals fühlten sich viele junge Leute aus der ganzen Welt von der Idee der Kibbuzim angezogen. Von einem Leben im Kollektiv, klassenlos und ohne eigenen Besitz, in einer starken Gemeinschaft, in der jeder für jeden arbeitete und sich einer um den anderen kümmerte. Der Wettstreit der Ideologien, der nach dem Zweiten Weltkrieg in Europa und der Welt entbrannt war, war damals noch nicht entschieden. Noch war nicht absehbar, dass Kommunismus und Sozialismus im Osten grandios scheitern sollten und viele der Kibbuzim im Laufe der kommenden Jahre privatisiert werden würden.

„Kleine orange-gelb gestrichene Häuser inmitten einer wunderbaren Landschaft gelegen. Palmen, Pinien, Eukalyptusbäume, Kakteen, blühende Sträucher, Hunderte von Vögeln singen in den Bäumen. Unser Zimmer liegt 30 Meter vom See entfernt. Hier leben 30 bis 40 Volunteers. Inzwischen sind wir neun Deutsche." So fängt die Erzählung deiner Großmutter über ihre Zeit im Kibbuz an. Es war ein großer Kibbuz, in dem sie gelandet waren, direkt am Seeufer gelegen. Lauter kleine Einfamilienhäuser mit Flachdächern lagen inmitten grüner Wiesen. Es gab einen Strand und einen kleinen Hafen, über allem lag der Geruch von warm gewordenem Gras und Steinen, und abends zirpten die Grillen Barbara in den Schlaf.

Die Freiwilligen lebten in Zweierzimmern in den sogenannten Baracken, einfachen Holzhäusern mit Veranda davor, auf der die Wäsche trocknete. Das Quartier der Freiwilligen war wie ein kleines Dorf im Dorf. Hier lebten junge Leute aus Amerika, Holland, Frankreich, Dänemark, England, Deutschland.

Auf Facebook gibt es heute eine Gruppe von ehemaligen Freiwilligen, die Fotos und Geschichten von früher austauschen. Dort habe ich auch Bilder aus den Jahren 1976/77 gesehen, als Barbara und Christine dort waren: Die Männer hatten lange Haare und Vollbärte und liefen meist nur in Shorts und mit nacktem Oberkörper herum. Die Frauen waren ungeschminkt und unrasiert, mit schlabbrigen T-Shirts und weiten Röcken. Auf einem unscharfen, gelbstichigen Foto habe ich sogar Barbara entdeckt: Christine sitzt auf einem Stuhl vor der Baracke, und Barbara steht dahinter und schneidet ihr die Haare. Dabei lacht sie ihr typisches Lachen, an das ich mich so gut erinnern kann. Wenn sie lachte, musste man mitlachen.

Barbara und Christine waren schnell Teil der Gruppe. Eines ihrer ersten Erlebnisse im Kibbuz war das Weihnachtsfest: „Christine und ich saßen bei leichtem Sonnenschein am Seeufer. Das Schilf wog leise, Ruhe, Stille, Feiertagsstimmung. Abends großes Fressen mit Truthahn, Kartoffeln, Erbsen und herrlicher Nachspeise. Danach Bescherung für die lieben Volunteers. Wilde Musik, Tanz, Schwof – so kann man auch feiern. Für uns Deutsche etwas anderes."

Gleich nach Weihnachten allerdings ging für die beiden die Arbeit los. Jeden Morgen hing im Lager der Freiwilligen ein Zettel aus, auf dem stand, wo wer eingesetzt war.

Der Kibbuz lebt bis heute von der Landwirtschaft. Es gibt Kühe, Hühner und Ziegen, Bananen- und Avocadoplantagen. Das zweite Standbein ist der Tourismus mit einem eigenen Hotel auf dem Kibbuzgelände. Galiläa ist so etwas wie das Stammland Jesu. Hier hat er der Überlieferung nach mit seinen Jüngern im See gefischt, hier hat er einen Lahmen wieder gehend gemacht, hier hat er Fische und Brot vermehrt.

Barbara arbeitete anfangs oft in der Wäscherei des Kibbuz und im Dining Room des Hotels, wo viele Pilgergruppen abstiegen, die auf den Spuren Jesu unterwegs waren.

Barbara füllte das Büfett auf, deckte die Tische auf und ab, half in der Küche, guckte sich die deutschen Touristen an. Das Büfett war üppig. Schon morgens gab es Salate aus Tomaten, Gurken, Paprika und Petersilie, geräucherten Fisch und verschiedene Sorten von weißem Käse. Dazu frische Früchte von den Plantagen, Pfannkuchen und Waffeln. Die Pilger schlugen sich ordentlich die Bäuche voll, bevor sie zu jenem Berg aufbrachen, auf dem Jesus gepredigt haben soll, zur Kirche von Tabgha und nach Kafarnaum, dem Ort vieler Wunder.

Arbeitend verging die Zeit zwischen den Jahren für Barbara schnell. Die Silvesterparty war dann eher unspektakulär. „Stinklangweilig", fand Barbara. Zusammen mit Angelika, einer anderen Deutschen, schlief sie in dieser Nacht im Freien am Strand, guckte auf die Golanhöhen, die man auf der gegenüberliegenden Seite in der Ferne blassrosa schimmern sah und um die Israel und Syrien damals kämpften.

Aber Barbara war zuversichtlich: „Für mich ist alles offen. Überall Begegnungen. Mit einem Regenbogen fürs neue Jahr."

Juni 2014

*Mein lieber Viktor,*

ich habe momentan abends viel Zeit, dir zu schreiben. Du schläfst mittlerweile zumindest drei, vier Stunden am Stück, und dein Vater guckt stundenlang Fußball. Es ist Weltmeisterschaft. Mich interessiert Fußball nicht. Insgeheim hoffe ich, dass du dich auch mal für die Dinge begeisterst, die mir wichtig sind: Bücher, Geschichte, soziale Themen. Ich weiß schon, man sollte sich als Eltern nicht erhoffen, dass die Kinder so werden wie man selbst. Oder schlimmer noch: dass sie die Träume verwirklichen, die man selbst nie gelebt hat. Ich finde es wahnsinnig schwierig, sich von den Vorstellungen frei zu machen, die man für das Leben seiner Kinder hat. Aber glücklicherweise machen die dann meist sowieso alles ganz anders, als ihre Eltern sich das vorstellen.

Bei Barbara und ihrer Generation war das auf jeden Fall so. Viele deutsche Freiwillige zog nicht nur die Faszination für die Idee des Kibbuz nach Israel. Es waren unter ihnen auch die Kinder der Kriegsgeneration, die die Schuld der Eltern in den Plantagen der Kibbuzim abarbeiten wollten.

Ehrlich gesagt weiß ich nicht, ob die Idee der Wiedergutmachung für Barbara eine Rolle gespielt hat. Aber sie hat sich in Israel auf jeden Fall Gedanken über die Vergangenheit gemacht. Immer, wenn sie Israelis Deutsch sprechen hörte, fühlte sie sich schlecht. „Wie viele Menschen haben wir erniedrigt? Sie ihrer Würde beraubt? Ich spüre Ablehnung. Könnte auskotzen", schrieb sie einmal ins Tagebuch.

Du darfst es dir aber nicht so vorstellen, dass die Freiwilligen ständig beisammensaßen und über die Vergangenheit sprachen. Das waren eher Gedanken, die sich jeder für sich gemacht hat, kurze Momente des Innehaltens in einer ansonsten fröhlichen Zeit.

Nach der harten Arbeit haben es sich die jungen Männer und Frauen ziemlich gutgehen lassen. Sie schwammen im See, saßen zusammen auf der Wiese, sangen und tratschten. Abends ging es ins Field 17 – eine Bar, die in einem Luftschutzbunker eingerichtet war. Dort gab es viel Bier und den ein oder anderen Joint. Es wurde getanzt und geknutscht. Überhaupt haben sich da viele Paare gefunden.

Der israelische Schriftsteller Amos Oz hat es einmal so beschrieben: „Damals füllten sich die Kibbuzim mit deutschen Jugendlichen, Voluntären, die überschäumten vor Begeisterung und gutem Willen und die von dem brennenden Wunsch beseelt waren, hier, durch ihrer Hände Arbeit die Verbrechen der Eltern zu sühnen (und sich nebenbei auch einen Sommer oder zwei an einem sonnigen Ort aufzuhalten, wo das Leben sorglos war und sexuelle Freiheit herrschte, fern von den Eltern, fern von der Bürde des Karrieremachens in bürgerlichen Laufbahnen, die in ihrem Land auf sie warteten)."

Auch Barbara und Christine machten schnell Bekanntschaften. Nicht nur die anderen Freiwilligen aus dem Ausland, auch einige junge Kibbuzniks suchten den Kontakt zu ihnen. Im Gegensatz zu den Mädchen aus dem Kibbuz, die sie wie Geschwister kannten, waren die Frauen aus aller Welt geheimnisvoll und wild – vielleicht auch ein bisschen wie Freiwild. Eines Abends stand zum Beispiel unvermittelt der Hebräischlehrer in Barbaras und Christines Baracke. Als sie nicht reagierten, ging er wieder. Dann taucht noch ein Joram im Tagebuch auf, der sich offenbar für Barbara interessiert hat. Aber für keinen konnte sich deine Großmutter begeistern. Ich glaube, sie war ziemlich wählerisch. Aber wenn sie sich mal verliebte, dann richtig.

Juni 2014

*Mein lieber Viktor,*

die letzte Woche haben wir beide bei deiner Urgroßmutter Rosa verbracht. Sie ist jetzt fast 88 Jahre alt und wohnt allein in dem großen Haus, das sie gemeinsam mit Heinz 1960 gebaut hat. Sie will nicht ausziehen, auch wenn sie sich dort manchmal einsam fühlt. Denn ihre Eltern, Gregor und Barbara, sind 1977 gestorben, Heinz ist seit 2000 tot, Barbara seit 2005; Nina wohnt mit ihrem Mann und Sohn in Frankfurt und wir beiden mit deinem Vater in Stuttgart.

Das Haus ist noch immer schön. Jeden Raum hat Rosa mit ihrem Sinn für Stil ganz besonders eingerichtet. Eine Mischung aus Antiquitäten und den Möbelmoden der vergangenen Jahrzehnte, bunt und großzügig. Es gibt zum Beispiel ein Zimmer mit grünem Teppich und grüner

Tapete – das grüne Zimmer. Darin stehen ein antikes Bett aus Holz und eine Chaiselongue. Das grüne Zimmer war lange mein Zimmer, immer, wenn ich während des Studiums meine Großeltern besucht habe, habe ich dort geschlafen. Seit es dich gibt, schlafen wir gemeinsam im ehemaligen Ehebett von Heinz und Rosa.

Eines meiner Lieblingszimmer ist das Wohnzimmer. An einer Wand hängen Fotos, unsere Familiengeschichte zu Bildern geronnen: das arme Annagassen-Milieu der 20er und 30er Jahre mit Gregor, Barbara und Hund. Die junge Preußin Friederike Anfang des 20. Jahrhunderts in strengen Rüschen. Heinz, der stolze Offiziersanwärter, und Rosa als selbstbewusster Backfisch. Dann ihre Anfänge in der kleinen Wohnung und später der erste Wohlstand mit den beiden Töchtern im Italienurlaub. Ich als lachendes, blond gelocktes Kind inmitten einer Margeritenwiese. Und dann: du, natürlich!

Ansonsten ist das Wohnzimmer mit antiken Kommoden, Vitrinen mit Sammeltässchen und einem modernen Sofa eingerichtet. Gegenüber der Fotowand liegt eine große Fensterfront, durch die man in den Garten sehen kann. Alles wirkt leicht und licht.

Aber das Haus ist auch alt, an vielen Ecken müsste man renovieren. „Nur weil es jetzt alt wird, kann ich es doch nicht im Stich lassen“, sagt Rosa. Ihr käme das ein bisschen wie Verrat vor. Aber ich glaube, dass sie ganz einfach nicht ohne das Haus leben kann und ohne die Erinnerung an die guten Tage, die sie dort mit Heinz und den anderen erlebt hat. Das Haus ist ihr Lebenswerk. Dort haben sie sich den kleinen Wohlstand erarbeitet, von dem Rosa heute noch zehrt. Dort hat sie die Annagasse hinter sich gelassen.

Und mir geht es auch so: Wenn ich mir vorstelle, dass dieses Haus, in dem ich viele Jahre meiner Kindheit zusammen mit Barbara verbracht habe, irgendwann mal nicht mehr da sein könnte, dann fasst eine kalte Hand um mein Herz.

Vielleicht hatte Barbara auch manchmal Heimweh nach zu Hause. Falls ja, hätte sie es aber sicherlich nie zugegeben. Einmal schrieb sie, dass sie einen Brief von ihrer Schwester bekommen habe. Ein anderes Mal telefonierte sie nach Hause. „Es war schön, Mutters Stimme zu hören."

Ansonsten genoss Barbara die Zeit im Kibbuz. Sie lernte ein bisschen Hebräisch, feierte kleine Partys auf ihrem Zimmer, lag mit Christine im Gras und entwarf ihre Zukunft (Kleinfamilie – nein, niemals!), schlief am Strand im Freien. Sie hatte oft ihren grünen Lieblingsschlabberpulli an, den Rosa bestimmt gar nicht leiden konnte, dazu blaue Keilhosen, die Haare trug sie jetzt praktisch kurz. Wenn sie im Bunker tanzte, tat sie es oft allein – nicht einsam, sondern für sich. Sie hatte dann diese Aura der Unberührbaren, die ich auch von ihr kenne.

Mit den anderen unternahm sie Ausflüge in die Gegend. Sie wateten durch Weizenfelder, aßen Grapefruits von den Sträuchern, schipperten mit einem alten Kahn über den See und besuchten die Pilgerorte, die wie Perlen einer Kette rund um den See liegen.

Einmal machten Christine, Barbara und Angelika eine Radtour. Angelika, die ich über die Facebook-Gruppe der ehemaligen Volunteers kennengelernt habe, hat mir davon erzählt – oder vielmehr hat sie mir geschickt, was sie darüber damals in ihr Tagebuch geschrieben hat: „Gestern Morgen bin ich mit zwei Mädchen, Barbara und Christine, und drei verrosteten Fahrrädern los. Gleich beim Verlassen des Kibbuz platzte Christines Reifen, eine Stunde später (nach Kapernaum) kehrten wir gleich ein, in einem ausrangierten Bus. Wir tranken türkischen Kaffee und aßen en masse Schokolade. Plötzlich hörte die Straße auf, mit nackten Füßen und hochgekrempelten Hosen wateten wir durchs eiskalte Wasser. Total überrascht waren wir dann von der Dunkelheit, die plötzlich einbrach. Wir schafften es somit nicht mehr bis zum Kibbuz Ein Gev, wo wir übernachten wollten. Dort wollten wir John und David aus Yonkers (New York) besuchen, die wir die Woche vorher bei einem Konzert der Israelischen Philharmonie getroffen hatten. Es blieb uns nichts weiter übrig, als uns unter einem Busch zu verschanzen und in den Schlafsack einzugraben, bis uns um 1.30 Uhr heftiger Regen hochschreckte. Innerhalb von zehn Minuten waren wir seichnass, samt unserem Hab und Gut, dem Schlafsack und dem Klopapier. Es blieb uns nichts anderes übrig, als weiterzuziehen, um uns einigermaßen warmzuhalten. Mensch, haben wir vielleicht geflucht, und das in dieser heiligen Gegend. Nachdem dann zu guter Letzt auch noch ein Pedal an Barbaras Rad abbrach, sind wir fünf Stunden teils gefahren, teils marschiert und gegen acht Uhr so gut wie tot in Tiberias eingetroffen, wo dann auf Finanzen keine Rücksicht mehr genommen wurde und wir nur noch wild bestellten. Viele What happened? sind uns im Kibbuz dann entgegengerufen worden, angeblich geschieht uns alles recht, wenn man eine Sache so kurzfristig plant. Aber dass alles so spontan kam, war vielleicht grad das Schöne."

Die Volunteers ließen sich alle möglichen Freizeitbeschäftigungen einfallen. Es gab zum Beispiel eine Olympiade mit Schubkarrenrennen und ähnlichen Spielchen. Oder eine Card-Bord-Party, bei der alle nur selbst gebastelte, ziemlich freizügige Kleider aus Karton anzogen.

Ich stelle mir das Ganze ein bisschen wie ein großes Ferienlager vor. Und dort – weit weg von den Eltern und dem Zuhause – tut man ja immer Dinge, die man sich daheim nicht trauen würde, die ein bisschen peinlich sind und die man in der gewohnten Umgebung vielleicht auch gar nicht wollen würde. Die Haare werden lang, die Haut wird braun. Man ist immer ein bisschen übermüdet und vielleicht deshalb auch vollkommen euphorisiert und überdreht. Man ist kindisch und oberflächlich und bequatscht nachts am Lagerfeuer die großen Themen des Lebens. Man findet fast jeden Tag einen anderen Typen toll, ernährt sich ungesund, flicht Zöpfe und kleine Kugeln ins Haar, malt Hennatattoos und schließt Freundschaften fürs Leben, die nur einen Sommer lang halten. Vergangenheit und Zukunft sind plötzlich bedeutungslos, die reine Gegenwart umso bedeutungsvoller. Und irgendwie kann man sich überhaupt nicht vorstellen, dass sie jemals enden wird. Über dem Field 17, der Bar der Freiwilligen, stand: „Tomorrow is cancelled due to lack of interest“.

Es war eine Ausnahmesituation, ein großes Leben im Jetzt – aber für manche hat es das ganze weitere Leben beeinflusst. Manche Freiwillige sind hängengeblieben, haben sich verliebt, geheiratet, Kinder bekommen, sich ein Leben aufgebaut.

Trotz dieser Unbeschwertheit blieb Barbara auch ein kritischer Geist. Sie dachte viel über das System Kibbuz nach und erkannte dessen Nachteile. Ende Januar war sie in einer „Anti-Kibbuz-Stimmung“, wie sie schrieb. Sie sei nie allein, habe nie Zeit für sich. Fühle sich „eingeengt und beobachtet. Überall wird getratscht. Jehuda hat Recht, wenn er die Gesellschaft hier als Kleinbürgertum bezeichnet. Jeder ist neidisch auf den anderen. Oft wird über Geld gesprochen von den Kibbuzniks.“ Offenbar habe die Abwesenheit von privatem Besitz die Sehnsucht danach entstehen lassen, vermutete Barbara. Zumindest bei manchen.

Eine andere These, die sie aufstellte, lautete, dass die Kriege mit den Nachbarstaaten und der Konflikt mit den Palästinensern einen großen Teil der israelischen Identität ausmachen, dass es der gemeinsame Feind sei, der die Menschen zusammenhalte. Die israelische Gesellschaft ist bis heute heterogen, mit vielen Konfliktlinien, etwa zwischen religiösen und säkularen Juden oder zwischen den ehemaligen Einwanderern aus Mittel- und Osteuropa und dem orientalischen Raum. „Was passiert, wenn die Friedensverhandlungen positiv abgeschlossen werden? Bricht es und bröckelt es an allen Ecken und Enden?", fragte Barbara schon damals.

Deine Großmutter erlebte den Nahostkonflikt auch hautnah mit, als palästinensische Terroristen Anschläge auf zwei Busse in Tel Aviv verübten und 47 Menschen starben. Im März 1978 marschierte die israelische Armee im Südlibanon ein, aus der Ferne hörte man im Kibbuz Raketeneinschläge und Schüsse. Die Freiwilligen diskutierten, ob sie besser abreisen sollten. „Die Israelis sind schlecht drauf", notierte Barbara.

Aber vielleicht fühlte sich Barbara auch manchmal unwohl, weil sie nach wie vor auf der Suche war – nach irgendetwas, das ihr eine Richtung geben konnte. Sie dachte viel über sich selbst nach, analysierte ihr Verhalten. Sie fragte sich, was sie aus dem Kibbuz für sich mitnehmen könne. „Was kann ich lernen, wo steht mir der Kopf?", schrieb sie einmal. Und ein anderes Mal: „Kein ganz freier Atem. Keine Ruhe, die Denkmaschine kaum abzustellen ... Mein Geist tritt nicht aus, schwebt nicht. Plump und schwer zieht er oft seine kleinen Kreise um unwichtige Dinge. Sprüht nicht, bringt keine Einfälle hervor, spiegelt mein kleinbürgerliches Leben (Petite Bourgeoisie) wider." Du kannst daran noch einmal den Geist dieser Zeit ablesen. Es ging ja immer irgendwie um die Erweiterung des Bewusstseins, um das Hinter-sich-Lassen banaler, materieller Bedürfnisse. Und wer das nicht schaffte, fühlte sich vielleicht als Versager.

Juli 2014

*Mein lieber Viktor,*

derzeit eskaliert die Situation in Israel wieder einmal. Im Westjordanland sind drei Siedlerjungen von Palästinensern entführt und ermordet worden. Sofort hat die israelische Armee begonnen, den Gazastreifen massiv zu bombardieren. Heute hat man nun einen arabischen Jugendlichen tot aufgefunden, den offenbar israelische Extremisten ermordet haben.

„Was passiert, wenn die Friedensverhandlungen positiv abgeschlossen werden?", hatte Barbara damals gefragt. Heute gibt es nicht einmal mehr Friedensverhandlungen im Land deines Großvaters.

Ich will dir heute von ihm erzählen. Davon, wie er und Barbara sich begegnet sind, oder vielmehr, wie er das erste Mal in ihrem Tagebuch auftaucht. Und auch dabei ging es um Fußball. Denn ebenso begeistert, wie dein Vater derzeit die Weltmeisterschaft verfolgt, hat dein Großvater Hagai damals offenbar Fußball geguckt. Zumindest hat das Barbara in ihrem Tagebuch geschrieben.

Irgendwann erwähnte sie diesen jungen Typen unvermittelt in ihren Einträgen. Ich habe keine Ahnung, wann genau sie sich begegnet sind, aber der Kibbuz war ja eine überschaubare Gemeinschaft, und Hagai arbeitete damals in den Bananenplantagen. Er war so eine Art Vorarbeiter für die Freiwilligen. Ich stelle mir Barbara vor, wie sie etwas mürrisch – wenn sie eine Arbeit nicht mochte, konnte sie sehr mürrisch sein – und leise fluchend in der Hitze Bananen erntete, die Stauden von alten Blättern befreite und half, die Früchte in Kisten zu stapeln und auf den Anhänger zu laden. Nur wenn Hagai vorbeikam und sie vielleicht etwas unsicher anlächelte, wischte Barbara sich den Schweiß von der Stirn und lächelte zurück. Oder vielleicht tat sie das auch gerade nicht, denn wenn Barbara unsicher war, dann wirkte sie manchmal ziemlich unnahbar.

Dein Großvater war damals 25 Jahre alt. Er war nicht gerade groß – etwa 1,75 Meter –, hatte lockiges Haar, und sein Vollbart, der heute schon weiß ist, war damals noch rot-braun. Meist lief er nur mit Shorts bekleidet durch die Bananenplantagen oder fuhr auf einem Traktor. Ansonsten hielt er sich von den Freiwilligen eher fern, suchte nicht ihre Nähe wie einige andere Kibbuzniks, von denen Barbara vermutete, sie seien nur auf eine Affäre aus. Hagai waren die jungen Leute aus Europa und Amerika sehr fremd. Sie waren so wild und ein bisschen oberflächlich, so bourgeois, hatten schon viel gesehen von der Welt. Ich glaube, Hagai beneidete sie ein bisschen wegen ihrer Freiheit und blickte gleichzeitig ein wenig auf die Kinder des Kapitalismus herunter. Er war damals sehr überzeugt von der Lebensform Kibbuz, von der starken Gemeinschaft, der sich der Einzelne unterzuordnen hatte. Trotzdem wollte er möglichst bald auf Reisen gehen, in die Länder, aus denen die Volunteers kamen, wollte mehr sehen als die kleine Welt des Kibbuz.

Ich kann mir gut vorstellen, dass er auf Barbara wie ein Magnet gewirkt hat. Dieser introvertierte Junge mit den sanften, halbmondförmigen grau-blauen Augen, der beim Lächeln einen Mundwinkel stärker nach oben zog als den anderen. „Ich habe Angst davor, mich in seinen melancholischen Augen zu verlieren, in denen ich ukrainische Birkenwälder sehe, knorpelige Kiefern und zarte hohe Gräser, durch die der Wind streift", schrieb Barbara.

Es war keine lange Zeit, die die beiden miteinander verbracht haben. Zwei, drei Monate vielleicht. Sie trafen sich meist heimlich, meist, wenn es schon dunkel war. „Meine seltsame Nachtfreundschaft", nannte es Barbara.

Wenn ich von meiner heutigen Perspektive aus auf diese zwei jungen Leute blicke, auf meine Eltern, dann sehe ich das Scheitern ihrer Beziehung voraus. Dann sehe ich, wie unterschiedlich die zwei sind. Die rebellische Tochter aus behüteten schwäbischen Verhältnissen. Und der junge Kibbuznik, aufgewachsen ohne jeden Komfort und mit der Erfahrung des Jom-Kippur-Krieges hinter sich, in dem er 1973 gekämpft hatte und der wie kein anderer Konflikt die Existenz seines Landes bedroht hatte.

Ich sehe Deutschland und Israel. Ein Kind der Täter und ein Kind der Opfer. Ich sehe deutsche Kollektivschuld und zionistischen Nationalstolz. Und abseits der tonnenschweren Geschichte ihrer beider Völker – die sicherlich keine direkte Rolle zwischen den beiden gespielt hat – sehe ich zwei junge Menschen, die auf der Suche nach dem richtigen Platz im Leben waren. Die zwar im Grunde dasselbe wollten, nämlich sich emanzipieren, die gefühlte Enge ihres Aufwachsens hinter sich lassen. Aber die eben an ganz unterschiedlichen Punkten in ihrem Leben standen: Barbara, die endlich irgendwo ankommen wollte. Und Hagai, der endlich irgendwohin aufbrechen wollte. Ich sehe all diese Dinge, weil ich 35 Jahre alt bin und irgendwie schrecklich abgeklärt. Und trotzdem kann ich verstehen, dass sich meine Mutter hoffnungslos in meinen Vater verknallt hat. Auch, weil sie in ihm vielleicht den Menschen zu erkennen glaubte, bei dem alles Suchen und alle Unzufriedenheit ein Ende haben würden.

Juli 2014

*Mein lieber Viktor,*

wir waren gerade eine Woche in Brandenburg und haben dort unseren ersten Urlaub als Familie verbracht. Das Land ist flach und weit. Endlose Sonnenblumenfelder und Störche, Windräder und Wälder, Alleen und alte Leute. Wir haben in einem der alten Schlösser gewohnt, von denen es dort viele gibt. Nachts rannten alle möglichen Tiere vor unserem Auto über die Straße. Damwild, Dachse, Füchse und Hasen. Einen Tag waren wir in Templin beim Kinderarzt. Du bist nämlich aus dem Bett gefallen. Und obwohl du gleich danach wieder ziemlich fröhlich warst und nicht mal eine Beule hattest, wollten dein Vater und ich, dass uns ein Arzt sagt, ob alles in Ordnung ist. Vielleicht war das ein bisschen überfürsorglich – viel zu viel Aufhebens wird heutzutage um Kinder gemacht, sagt deine Uroma Rosa –, aber wir sind eben zum ersten Mal Eltern. Und außerdem: Kann man denn ein Kind zu viel liebhaben? Vielleicht wird heute nicht zu viel Aufhebens um Kinder gemacht, sondern zu viel Aufhebens um das Elternsein und um die Frage, wie man es richtig macht, die einen, je länger man darüber nachdenkt und je mehr Bücher man darüber liest, immer mehr verunsichert.

Meine Eltern, deine Großeltern, hatten es zumindest in der Hinsicht leichter. Sie wurden vom Schicksal – oder vielmehr von der eigenen Unvorsichtigkeit – in ihre Elternschaft ganz einfach hineingestoßen.

Im April 1978 reiste Barbara mit Christine nach Scharm El-Scheich, einem Badeort am Roten Meer, an der Südspitze der Sinaihalbinsel. Sie fuhren dorthin, weil ihre geplante Zeit im Kibbuz langsam zu Ende gehen sollte und sie noch einiges sehen wollten vom Land. Es war sehr heiß, eine unerbittliche Sonne brannte. Ansonsten Sand, kahle Berge und blaues Meer. Die beiden tauchten oder lagen am Strand – und spekulierten über Barbaras Unterleib. „Schwanger?", schrieb Barbara. Und dann: „Ich wünsche es mir ganz arg. Ich weiß auch, dass es ganz viel Kraft von mir verlangen würde, fordern würde, das Baby zu haben. Ein kleines Skandälchen wäre es schon, darf gar nicht an zu Hause denken." Da tauchte also zum ersten Mal ich auf. Wahrscheinlich bestand ich zu dem Zeitpunkt nur aus ein paar Zellen, aber Barbara hatte mich schon entdeckt.

Ich weiß nicht genau, was ich von ihrer Einstellung halten soll. Ich finde sie auf der einen Seite sehr naiv, auf der anderen Seite imponiert es mir, dass sie sich dieser Aufgabe einfach stellen wollte. Im Jahr 1978 war es in der deutschen Provinz in der Tat noch ein kleiner Skandal, unverheiratet schwanger zu werden, obwohl das gar nicht so selten passiert ist – aber dann hat man eben geheiratet.

Viel gravierender finde ich, dass Barbara selbst noch so unfertig war. Sie wusste nicht, wo sie hingehörte, was aus ihr werden sollte. Aber vielleicht denke ich falsch, vielleicht war es gerade das Kind, das ihr plötzlich eine Perspektive eröffnet hat. In jedem Fall ist meine Mutter damals viel emotionaler an das Thema herangegangen als ich heute. Für mich war immer klar, dass ich erst mit mir selbst einigermaßen im Reinen sein will, bevor ich ein Kind bekomme. Außerdem wollte ich so viel verdienen oder gespart haben, dass ich dich notfalls auch allein aufziehen kann. Und, am wichtigsten: Ich wollte mir der Beziehung zum Vater meines Kindes sicher sein.

Die Beziehung von Hagai und Barbara dagegen war alles andere als sicher: eine Frühlingsromanze zweier Menschen, die sich irgendwo zwischen Vergangenheit und Zukunft trafen. Trotzdem bin ich mir fast sicher, dass Barbara genau so einen Vater für mich wollte. Keinen deutschen Saubermann, keine spießige Kleinfamilie. Nein, einen introvertierten, sanftäugigen Kibbuznik. Wie exotisch! Vielleicht merkst du, dass ich manchmal ein bisschen den Kopf über deine Großmutter schüttle. Ich weiß, dass das anmaßend ist und dass ich außerdem sehr dankbar sein muss, dass deine Oma so war, wie sie war. Aber ich glaube, dass sie sich etwas vorgemacht hat, als sie schrieb: „Es ist meine Entscheidung, ganz alleine. Ich bin so oder so zu der Überzeugung gekommen, dass ich nicht drauf warten kann, bis der Typ mitmacht, einverstanden ist. Eine Ehe ist keine Garantie für mich, nicht mehr. Christine, die Kluge, ist schon lange davon überzeugt ... Sie freut sich mit mir, ganz riesig."

Emanzipation, das hieß für Frauen wie Barbara und Christine damals, niemanden um Erlaubnis fragen zu müssen, wie es noch ihre Mütter mussten, aber auch, alles alleine schaffen zu wollen. Ich habe großen Respekt vor der Emanzipationsbewegung. Mein freies, selbstbestimmtes Leben verdanke ich ihr. Aber ich glaube, dass Frauen wie Barbara manchmal stärker sein wollten, als sie waren, und sich keine Schwäche zugestanden haben. Sie haben sich ein Korsett aus Idealbildern und Glaubenssätzen übergezogen, in dem sie ihr Leben lang eingeschnürt blieben – und das ihnen manchmal das Leben arg schwer-gemacht hat.

Zurück von Scharm El-Scheich ging Barbara am 30. April in Tiberias zum Arzt und bekam die Gewissheit, dass sie tatsächlich schwanger war. Zum ersten Mal bekam sie Zweifel, fragte sich, wie sie das schaffen sollte. Abends traf sie Hagai und sagte es ihm. Ich kann nur erahnen, wie das Gespräch zwischen den beiden ablief. Aber was ich weiß, ist, dass mein Vater klar sagte, dass er jetzt noch kein Kind haben wolle. „Es ist meine eigene Entscheidung, ich muss dafür stehen, kann nicht erwarten, dass er mir hilft. Er möchte noch keine Kinder, erst später“, schrieb Barbara. Wenn ich das lese, tun sie mir beide leid. Dafür, dass sie sich nicht gemeinsam freuen konnten.

Die darauffolgenden Tage müssen für Barbara sehr aufregend und aufwühlend gewesen sein. Sie fuhr mit Christine nach Haifa und Zefat, häufig war ihr übel, am 5. Mai hatte sie Blutungen und große Angst, das Baby zu verlieren. Immer wieder kehrte sie zurück in den Kibbuz und traf Hagai. Obwohl klar war, dass sie getrennte Wege gehen würden, waren sie sich offenbar immer noch nahe, lagen zusammen auf dem Bett, hielten sich im Arm. Sie tauschten Adressen aus. Er sagte, dass er sie mal besuchen komme in Europa.

Irgendwann im Mai packten Christine und Barbara endgültig ihre Koffer. Es gab ein Abschiedsritual unter den Freiwilligen: Die, die blieben, bildeten einen Kreis um die, die den Kibbuz verließen. Sie bekamen Blumenkränze umgelegt, und dann sangen alle zusammen ein Lied. Mit zurück reisten ein paar Kleidungsstücke, eine Urkunde über ihre Zeit im Kibbuz, ein paar Bougainvillea-Blüten zum Pressen ins Tagebuch gelegt – und Erlebnisse, die schon am nächsten Tag zu Erinnerungen werden sollten.

Das letzte Treffen mit Hagai soll dir Barbara selbst erzählen: „Sonntagmorgen – Sonnenschein. Hagai ist schon zwei Stunden in den Bananen. Ich stehe auf mit nicht fatalistischem Gefühl. Packe zum letzten Mal meine Klamotten und gehe bzw. schleiche vorbei am Wasserturm

(Treffpunkt der Bananenleute) zum Tor hinaus. Am Ende des Weges steht ein junger schöner Mann. Es ist H. Wir lächeln uns zu, einige ernsthafte Worte, leichte Bewegung, nicht viel Zeit und Raum. Ich gehe weiter, schau mich um. ‚See you in Europe.'"

August 2014

*Mein lieber Viktor,*

letzte Woche haben du und ich uns mit einigen meiner alten Schulfreundinnen und ihren Kindern getroffen. Wir sind fast gleichzeitig Mütter geworden. Ziemlich spät, mit Mitte 30, aber vorher war mit Studium, Berufseinstieg und der Suche nach uns selbst auch einfach kein Platz für euch in unserem Leben.

Meine Freundinnen und ich sind gemeinsam auf die katholische Klosterschule gegangen, auf der auch deine Großmutter Barbara war. Sie wollte das eigentlich nicht, weil diese Schule in ihrer Erinnerung ein schrecklicher Ort war, an dem sie gelitten hatte und gescheitert war. Aber ich habe mich durchgesetzt, ich wollte unbedingt auf die Schule gehen, auf die auch die meisten meiner Grundschulfreundinnen wechselten. Und Barbara, die immer Vertrauen hatte, dass ich alles schon irgendwie richtig machen würde, hat nachgegeben.

Sicherlich war das auch eine kleine, nein, eine sehr kleine Rebellion meinerseits, ein Versuch, es wieder ganz anders zu machen als meine Mutter. Vielleicht ist ja die Spießigkeit, die Barbara mir und meiner Generation vorgeworfen hat, die einzig mögliche Abgrenzung, die uns Kindern der Achtundsechziger geblieben ist.

Ich bin übrigens gern auf die Klosterschule gegangen, aber sie hat es mir zu dieser Zeit auch leichter gemacht, sie zu mögen. Als ich dort anfing, gab es kaum noch Nonnen im Schuldienst, unsere Lehrer waren großenteils jung und aufgeschlossen, und wir mussten auch keinen Platz für den Schutzengel auf unserem Stuhl mehr lassen. Nur in Handarbeiten unterrichtete uns eine Schwester, die sich noch an Barbara erinnern konnte. In der ersten Stunde ging sie die Namenliste durch und rief halb erstaunt, halb entsetzt: „Welzhofer! Bist du etwa die Tochter von der Barbara?“ Und damit war dann wohl für sie klar, dass aus mir nie eine leidenschaftliche Handarbeiterin werden würde. Womit sie Recht behielt.

Heute gibt es in Günzburg keine Klosterfrauen mehr, der Orden hat Nachwuchsprobleme und musste 2010 die Dependance nach 250 Jahren schließen. Barbara hätte vielleicht drei Kreuze gemacht – aber sie hat es nicht mehr erlebt.

Als deine Großmutter sich im Frühjahr 1978 auf den Heimweg von Israel nach Deutschland machte, war ihr Ziel auf keinen Fall die Kleinstadt ihrer Kindheit. Und sie hat ganz bestimmt nicht im Traum daran gedacht, dass das Kind in ihrem Bauch einmal auf die ihr so verhasste Schule gehen würde.

Tatsächlich ließen sich Barbara und Christine mit ihrer Rückkehr nach Deutschland noch ein bisschen Zeit. Zuerst reisten sie durch den Norden Israels, schwammen ein letztes Mal im See Genezareth. Kurz vor ihrer Abreise ging Barbara noch einmal zum Arzt in Tiberias, der ihr sagte, dass mit dem Baby alles in Ordnung sei. Barbara war sehr traurig, Israel zu verlassen. Von Haifa aus brachte ein Schiff die Freundinnen nach Rhodos, wo sie ein paar Wochen lang arbeiten und Geld verdienen wollten. Es war Mai, und es gab wenig Arbeit auf der griechischen Insel. Nach wenigen Tagen reisten die beiden deshalb enttäuscht weiter, per Schiff über Piräus nach Ancona in Italien. Eine Woche verbrachten sie in Florenz, dann war Zürich ihr nächstes Ziel, das sie mit dem Zug erreichten.

In der Nähe von Zürich lebte Honi, ein Schweizer Künstler, den sie im Kibbuz kennengelernt hatten. Honi war damals schon über 70 und vielleicht so eine Art väterlicher Freund für Barbara und Christine geworden. Honi hat Barbara und mich auch später einige Male besucht. Er war ein kleiner Mann, hatte kinnlanges weißes Haar, lächelnde Augen und meist eine Baskenmütze auf dem Kopf. Barbara hat bis zu seinem Tod – da war er 102 Jahre alt – Kontakt zu ihm gehalten. Auf ihrer Rückreise verbrachten Barbara und Christine zwei Wochen in der alten Mühle, in der Honi wohnte und arbeitete. Dann ging es endgültig nach Hause.

Ich schildere dir die Rückreise nach Deutschland so knapp, weil die Route an sich nicht wichtig ist. Viel wichtiger ist, wie Barbara sich dabei wohl gefühlt hat. Und das ist leider schwer nachzuvollziehen. Barbara schrieb in diesen Wochen nur selten ins Tagebuch. Und wenn, dann warf sie fragmentarische Sätze hin oder schrieb rätselhafte Gedichte, beschrieb den Klang der Städte, die Farben des Wassers, den Mond und die Sonne. Alles sehr melancholisch, alles ziemlich wehmütig. Was ich herauslese, ist ihre Sehnsucht nach Israel und nach Hagai, ihre aufgeregte Furcht vor dem, was nun kommen würde. Einmal schrieb sie: „Mir wird manchmal recht schaurig zumute – diese Entscheidung. Fühle mich überfordert – habe aber auch so viel Kraft in mir und glaube, alles, was mich trifft, bewältigen zu können. Warum? Keine eindeutige Antwort."

Ich glaube, dass ihr erst auf der Rückreise so richtig bewusst wurde, was passiert war. Und dass ihr Hagai doch wichtiger war, als sie dachte. Und ich bin mir sicher, dass sie sehr gehofft hat, dass er seine Meinung zu dem Kind noch ändern und sie in Deutschland besuchen kommen würde.

Barbara hat zwei Briefe, die sie während der Rückreise und dann schon zu Hause an Hagai geschrieben hat, vorher in ihrem Tagebuch aufgesetzt. Sie erzählte ihm von Rhodos, von Honis Mühle und auch davon, wie sie ihren Eltern sagte, dass sie ein Baby bekomme. Sie schrieb nicht genau, wie Rosa und Heinz reagierten, nur so viel: „Ich dachte, sie würden mich rausschmeißen. Aber Gott sei Dank haben sie das nicht getan." Außerdem schrieb sie Hagai, dass sie mit Christine bei ihrer Schwester Nina in deren Münchner Ein-Zimmer-Studentenbude lebe und – da war sie bestimmt schon im siebten Monat – in einem großen Krankenhaus in München arbeite. „Es ist sehr hart für mich, zu arbeiten nach so vielen Monaten ohne Arbeit." Sie bat Hagai darum, ihr seine Blutgruppe und den Rhesusfaktor zu schicken.

Hagai hat Barbara auf den ersten Brief nicht geantwortet. Barbara war im zweiten Brief deshalb schon etwas ungehalten und machte ihm Vorwürfe. Sie warte auf ein Lebenszeichen, schrieb sie und fragte, ob er sie schon vergessen habe. Und sie betonte noch einmal, dass sie keine Erwartungen habe und das Baby allein großziehen wolle. Ich hingegen glaube, nein, ich bin mir sicher, dass sie ihm da nicht die Wahrheit gesagt hat. Und ich bin mir genauso sicher, dass Hagai das spürte.

Während Barbara auf Nachricht von Hagai wartete, versuchte sie in München ihr Leben zu organisieren. Sie arbeitete im Krankenhaus, Christine jobbte als Verkäuferin auf dem Markt. Die beiden suchten eine Wohnung, um das Baby gemeinsam großzuziehen. Aber in München herrschte schon damals Wohnungsnot. Und zwei Frauen, davon eine schwanger, waren Ende der 70er Jahre nicht gerade der Traum eines Vermieters.

In einem Notizbuch, das ich zusammen mit dem Tagebuch gefunden habe, kann man nachvollziehen, was Barbara in diesen Wochen gemacht hat. Adressen von Beratungsstellen wie pro familia, einem Frauenberatungszentrum, einem Frauenhaus und der Evangelischen

Familienberatung stehen da, Notizen über mögliche Jobs (Max-Planck-Institut, Nervenklinikum, Schwabinger Krankenhaus, Altersheime). Einmal fuhr sie mit der Mitfahrzentrale nach Lüneburg. Außerdem notierte sie, was sie aß (Kässpätzle, Fisch, Gurkensalat), und ich muss feststellen, dass sie trotz Schwangerschaft Wein getrunken hat (was damals aber noch nicht so unüblich war).

Gedichte an den Herbst wechseln sich mit Einkaufslisten (Eisenpräparate), Adressen von Kinderläden, Rezepten für Milchbildungstees, Infos zum Arbeitslosengeld, dem „AOK-Fonds für ledige Mütter" und To-do-Listen (Hose nähen, Mieterverein, über Staatskredit zu 3 % über 5000 DM informieren) ab. Christine und sie versuchten wirklich alles, um an eine Wohnung zu kommen, meldeten sich bei sozialen Einrichtungen, auf Ämtern, schalteten eine Anzeige in der Zeitung, machten Aushänge in Kneipen.

Auch Infos über mich finde ich, wie etwa „Ultraschall – Kopfgröße normal".

Interessant finde ich, dass meine Mutter schon damals Packlisten geschrieben hat, bevor sie irgendwohin gefahren ist. Mich hat sie später auch immer gezwungen, solche Listen zu schreiben, bevor wir in den Urlaub gefahren sind. Ich mache das bis heute.

Außerdem suchte Barbara nach einer Hebamme und nach einem Krankenhaus, in dem eine Begleitperson mit in den Kreissaal durfte und wo es Rooming-in gab, also das Kind nach der Geburt im Zimmer der Mutter sein durfte. Beides war damals nicht üblich. Die Säuglinge kamen direkt nach der Geburt in ein eigenes Zimmer, wo sich Schwestern um sie kümmerten. Ihre Eltern konnten sie dann durch eine Glasscheibe betrachten. Barbara fand schließlich eine kleine Privatklinik in Starnberg. „Traudl hat in Starnberg entbunden – Bekannte von Werner", schrieb sie.

Irgendwann, als der Herbst 1978 schon fast ein Winter war, kam dann doch noch ein Brief von Hagai bei Barbaras Eltern an. Hagai schrieb ihr darin, dass er schon vor einigen Monaten nach England gegangen sei. Er wolle die kommenden zwei Jahre durch die Welt reisen, unter anderem nach Nord- und Südamerika. Und dann schrieb er in sehr klaren Worten, dass er niemandem von dem Baby erzählt habe und dass er nie wieder etwas von ihr hören wolle.

Es fällt mir ziemlich schwer, dir von diesem Brief zu erzählen. Weil er deinen Großvater wie einen unmöglichen Menschen dastehen lässt. Und weil ich körperlich nachempfinden kann, wie schlecht sich Barbara dabei fühlen musste. Aber dieser Brief ist eben auch Teil der Geschichte. Und vielleicht tröstet es uns beide ja zu wissen, dass dies doch nicht der letzte Brief zwischen den beiden gewesen ist. Allerdings der letzte für eine sehr lange Zeit.

September 2014

*Mein lieber Viktor,*

jetzt habe ich ein paar Wochen nichts aufgeschrieben. Wir ziehen um, und die Vorbereitungen füllen die Tage vollständig aus. Dein Vater betreut dich und ich packe – oder umgekehrt. Ich freue mich schon auf die Zeit nach dem Umzug. Wir werden dann einen kleinen Garten haben und ein Häuschen nur für uns. Schon merkwürdig, wie ein Kind die Dinge ändert. Eigentlich habe ich immer gedacht, dass ich in meinem Leben keinen Garten brauche. Aber seit ich gemerkt habe, wie gern du in die Bäume guckst, finde ich das Konzept plötzlich gar nicht mehr so schlecht.

Barbara hatte damals, im Winter 1978, der ein besonders kalter Winter war, noch nicht einmal eine eigene Wohnung in Aussicht, sie lebte noch immer bei ihrer Schwester Nina in der Studentenbude. Und als am 7. Dezember die Wehen losgingen, war es Nina, die Barbara in die Klinik nach Starnberg begleitete und auch während der Geburt dabeiblieb, bis ich am 8. Dezember um halb fünf Uhr nachmittags zur Welt kam. Barbara wusste nicht, ob ich ein Junge oder ein Mädchen werden würde. Einen Jungen wollte sie Oskar nennen. Für ein Mädchen schwankte sie zwischen Anna und Lisa. Aber als Nina mich sah, sagte sie, dass ich eindeutig eine Lisa sei.

Die ersten Tage verbrachten Barbara und ich allein in Starnberg. Ein Eisregen hatte während meiner Geburt einen kalten Panzer über alles gelegt, so dass Heinz und

Rosa nicht wie geplant sofort nach der Geburt zu Besuch kommen konnten. Aber vielleicht war das Barbara ja gar nicht so unrecht. Ich erinnere mich, dass ich nach deiner Geburt im Krankenhaus am liebsten gar keinen Besuch gehabt hätte, so beschäftigt war ich mit dir und mir.

Ich würde gern wissen, was in diesen Tagen in Barbara vorging. Ob sie von einer Welle der Glücksgefühle getragen wurde – oder ob sie Angst hatte, dieser Verantwortung, diesem von nun an und für eine lange Zeit ganz von ihr abhängigen Wesen, diesem Zustand des „Immer-gebraucht-Werdens" nicht gerecht werden zu können. So ging es nämlich mir kurz nach deiner Geburt. Es schmerzt mich sehr, dass ich Barbara solche Fragen nicht mehr stellen kann, dass sie mir nichts mehr erzählen kann von den Anfängen ihres Mutterseins und ich ihr nichts von meinen.

Eigentlich fehlt mir meine Mutter sogar noch ein bisschen mehr – oder vielleicht auch nur ganz anders – als früher, seit du auf der Welt bist. Davor war ich schon ganz gut allein durch den Alltag gekommen, aber jetzt fehlt sie mir nicht nur emotional, sondern auch praktisch: als Erziehungsratgeberin, als So-habe-ich-das-gemacht-Erzählerin. Sie fehlt mir als Babysitterin, als Mutmacherin und Korrektiv, sie fehlt mir für die guten und die schlechten Tage mit dir, vor allem aber fehlt sie als Großmutter, die ihrem Enkel sicherlich ihre ganz eigene, eigenwillige Sicht aufs Leben mitgegeben hätte.

Vielleicht hätten wir durch dich doch noch einen späten Zugang zu der Geschichte ihrer Reise und meiner Entstehung finden können, vielleicht hätten wir ja doch noch gemeinsam lachen und weinen können über das, was war, und über das, was noch kommen wird.

Ganz sicher hätten wir uns in diesen neuen Rollen, ich als Mutter und sie als Großmutter, noch einmal ganz neu kennengelernt, auseinandergesetzt, gestritten, verstanden, gebraucht.

Am meisten aber schmerzt mich, dass deine Großmutter Barbara nur ein Bild für dich sein wird, eine Geschichte – und dass es an mir ist, sie dir zu erzählen.

Barbara musste länger als geplant in Starnberg im Krankenhaus bleiben, weil sie Fieber bekam. Erst an Weihnachten kam Heinz uns abholen und nahm uns mit nach Günzburg. Von diesem ersten gemeinsamen Weihnachten gibt es ein mit Selbstauslöser gemachtes Foto. Ich bin auf Rosas Arm und blinzle erstaunt in die Welt. Heinz steht lachend hinter uns, daneben Barbara. Ihre großen, grünen Augen sehen müde aus. Sie trägt eine Bluse mit einem weißen Spitzenkragen wie einen Fremdkörper um ihren Hals, und ich kann mir vorstellen, dass sie die auf Rosas Wunsch hin angezogen hatte, um lange Diskussionen zu vermeiden. Ein Jahr zuvor hatten Barbara und Christine Weihnachten im Kibbuz gefeiert. Alles schien offen, nichts war gesetzt. Wie ein Kind die Dinge ändert.

Auch von unser beider erstem gemeinsamen Weihnachten gibt es ein mit Selbstauslöser gemachtes Foto: Du bist wie ich im Dezember geboren und gerade mal zwei

Wochen alt. Dein Vater trägt dich im Tragetuch, wo du tief und unaufweckbar schläfst, während deine Eltern vom Schlafmangel etwas dümmlich lächelnd in die Kamera blicken. Es war unser erstes Weihnachten zu dritt in Stuttgart – und mein erstes Weihnachten, das ich nicht in Günzburg gefeiert habe. Es war der Anfang von einem Leben mit Garten.

September 2014

*Mein lieber Viktor,*

Barbara wohnte nach der Entbindung also erst einmal bei ihren Eltern. Sie war sich sicher, dass das Haus von Heinz und Rosa nur eine kurze Station sein sollte, bis sie und Christine eine Wohnung fänden. Sie hat sich geirrt. Mit einer Wohnung in München klappte es einfach nicht. Außerdem hatte Christine mittlerweile einen Freund und wollte mit ihm aufs Land ziehen und Selbstversorger werden. Mit Ziegen und Bienen und Gemüse und Obst. Barbara entschloss sich mitzumachen.

Nach langem Suchen fanden die drei einen ziemlich verfallenen Bauernhof auf der Schwäbischen Alb. Jeder gab 5000 Mark, damit kauften sie das alte Ding. Es gab dort kein fließendes Warmwasser und nur einen Holzofen. Christine und ihr Freund zogen zuerst ein und fingen an, den Hof bewohnbar zu machen. Als ich ein paar Monate alt war, zogen Barbara und ich mit ein.

Rosa fand diese Idee natürlich überhaupt nicht gut. Sie weinte und bat Barbara, das Baby bei ihr zu lassen. Aber Barbara blieb bei ihrem Vorhaben, sie wollte ihr Leben ganz einfach nicht dort verbringen, wo ihr immer alles zu eng gewesen war.

Ich kann Rosa verstehen. Barbara wählte jene Verhältnisse, die sie und Heinz mit viel Sparen und Arbeiten endlich überwunden hatten. Barbara zog in den Augen ihrer Mutter sozusagen freiwillig in die Annagasse. Aber ich verstehe auch Barbara. Sie war einmal mit wehenden Fahnen von zu Hause aufgebrochen und hatte eine lange Strecke hinter sich gebracht. Zurückzukehren kam ihr sicherlich wie eine Niederlage vor.

Leider scheiterte das Selbstversorger-Experiment zu dritt. Ich denke, dass Barbara ganz einfach gemerkt hat, wie schwierig es ist, mit einem Baby ohne Strom und Warmwasser zu leben, auf einer Baustelle, die für lange Zeit eine solche bleiben würde. Aber vielleicht war es auch die Konstellation, die nicht funktionierte. Vielleicht wurde Barbara durch das Paar immer an das erinnert, was sie nicht hatte. Vielleicht hat sie auch gemerkt, dass sie doch mehr Hilfe brauchte, als sie dachte. Christine hat mir einmal erzählt, dass Barbara einfach nicht zufrieden war auf dem Hof.

Nach nur wenigen Wochen fuhr Barbara zurück zu Rosa und Heinz. Wie bitter muss das für sie gewesen sein. Christine und Barbara, die Herzensfreundinnen, entfernten sich in den Jahren danach immer weiter voneinander.

Barbara und ich lebten viele Jahre bei Rosa und Heinz im Haus. Als ich zwölf war, zogen wir in ein eigenes kleines Häuschen, das aber nur fünf Minuten von meinen Großeltern entfernt lag.

Christine wohnt mit ihrem Mann übrigens bis heute auf dem Hof. Natürlich gibt es dort mittlerweile Strom und Warmwasser. Überhaupt ist es ein zauberhafter Ort geworden, der sich den Charme des alten Hofes bewahrt hat. Es gibt Bienen, Gemüse und Obst, und die beiden haben dort drei Kinder großgezogen. Das alles habe ich aber erst nach Barbaras Tod erfahren, als ich Christine besucht habe. Wir haben viel über ihre gemeinsame Zeit in Israel gesprochen. Christine hat mir sogar ihr Tagebuch von damals zu lesen gegeben. Vieles, was ich dir bisher erzählt habe, weiß ich von ihr. Wie ich das so schreibe, merke ich, dass ich große Lust habe, sie mal wieder zu besuchen, damit sie dich kennenlernt.

Aber jetzt muss ich dir erst einmal erzählen, wie es mit Barbara und Hagai nach seinem schlimmen Brief weiterging. Zunächst herrschte einige Monate lang Funkstille. Dann, 1979, rief Hagai plötzlich an. Er war auf dem Weg nach England in Köln zwischengelandet und fragte Barbara, ob sie sich treffen wollten. Barbara war am Telefon offenbar so perplex und vor den Kopf gestoßen, dass sie ihm sagte, sie wolle ihn nicht sehen. Sie hat das später bereut, glaube ich.

Hagai hat sich tatsächlich auf seine große Reise gemacht. Während Barbara mich großgezogen hat und ich mich das erste Mal drehte, saß, griff, erst Krabbeln, dann Laufen und Sprechen lernte, bereiste Hagai die Welt. Zwei Jahre war er in Süd-, Mittel- und Nordamerika unterwegs. Mal allein, mal mit seiner damaligen Freundin. Er jobbte, reiste, fühlte sich wahrscheinlich sehr frei.

Nach dem verunglückten Telefonat hörten Barbara und Hagai viele Jahre nichts mehr voneinander. Erst in den 90er Jahren fing Barbara an, Hagai Briefe zu schreiben. Sie schickte sie in den Kibbuz, und Hagais Familie leitete sie an ihn weiter. Er schrieb aus Jerusalem zurück, wo er zu dieser Zeit studierte. Er schickte auch ein Foto: In Jeans und Jeansjacke steht er in einer etwas öden Landschaft. Er hat noch immer diese sanften Augen, aber das rot-braune Haar ist schon ein bisschen schütter geworden. Er guckt ernst.

Ein paar Briefe gingen hin und her. Hagai war sehr zögerlich und zurückhaltend, Barbara drängender. Sie erzählte von mir, von meinen Hobbys, und dass ich eine gute Schülerin sei. Hagai schrieb, dass er mit über 30 noch angefangen habe, Geschichte zu studieren, und allein lebe.

Dann schlug Barbara ein Treffen vor. Hagai ging das zu schnell, er lehnte ab. Barbara war sauer – oder wahrscheinlich eher verletzt. Der Kontakt brach wieder ab – und sollte nie wieder aufleben.

Deine Großeltern haben sich nach dem Jahr 1978 nie wieder gesehen. Sie haben es einfach nicht geschafft. Eine ungute Mischung aus Stolz, Verletzungen, Unsicherheit, Angst und auch Feigheit war schuld.

Und ich habe Hagai, meinen Vater, nie getroffen. Bis ich 29 Jahre alt war. Und diese Geschichte, die Geschichte von Lisa und Hagai, erzähle ich dir bald.

Oktober 2014

*Mein lieber Viktor,*

jetzt bist du bist schon zehn Monate alt. Mitte November beginnt die Eingewöhnung in der Krippe, weil ich bald wieder arbeiten gehen werde. Ich glaube, dass es dir dort gefallen wird mit all den Kindern und den Räumen voller Spiele. Oder vielmehr: Ich hoffe es sehr. Man bekommt in Deutschland als Mutter immer noch ein schlechtes Gewissen gemacht, wenn man sein Kind schon mit einem Jahr von fremden Menschen betreuen lässt. Andere Mütter und Väter schauen mich erstaunt an und sagen: „Also ich könnte das nicht!" Glücklicherweise kenne ich aber auch viele Frauen, die nach einem Jahr wieder in den Beruf zurückkehren wollen. Ich freue mich auf die Arbeit, und ich denke, dass sie mir guttun wird.

Ich frage mich oft, wie Barbara das alles als Alleinerziehende geschafft hat, damals, als es für Kinder unter drei Jahren noch kaum Betreuungsmöglichkeiten gab. Schon gar nicht auf dem Land. Rosa und Heinz haben ihr zwar geholfen, aber die Hauptverantwortung lag doch bei ihr.

Als ich ein paar Jahre alt war, hat meine Mutter wieder angefangen, als Krankenschwester zu arbeiten. Sie hat oft Nachtschichten gemacht und dann tagsüber auf dem Dachboden geschlafen, damit sie ungestört war. Rosa hat so lange auf mich aufgepasst, aber ich fand es als Kind schrecklich, nicht zu meiner Mutter gehen und sie wecken zu dürfen.

Ich glaube, dass es für Barbara schwer war, in der Kleinstadt andere Mütter zu finden, mit denen sie gemeinsame Themen jenseits der Kinder besprechen konnte. Sie war ja doch ein bisschen anders, hatte etwas erlebt, Achtundsechziger-Geist geatmet. Ich erinnere mich aus meiner Kindheit an eine Ärztin, mit der sich meine Mutter angefreundet hatte und die auch alleinerziehende Mutter einer Tochter war. Manchmal sind wir zu Barbaras Freunden nach München gefahren. Zu den Eltern meiner Kindergartenfreundinnen blieb Barbara immer ein Stück weit auf Distanz. Die vielen Eltern-Kind-Angebote, die es heute gibt und in die ich mit dir gehe, gab es damals nicht. Ich war als Kind oft mit Erwachsenen zusammen – mit Rosa und Heinz und deren Freunden.

Falls sich das für dich jetzt seltsam anhört: Ich fand das gar nicht schlimm. Im Gegenteil: Ich hatte eine wunderbare Kindheit mit drei Menschen, die mich sehr geliebt haben. Und die mir viel Aufmerksamkeit und Zuwendung gegeben haben. Ich war gern in dem schönen Haus von Rosa und Heinz. Nicht weit davon gab es den Weiher, wo man im Sommer Enten füttern, im Herbst Kastanien sammeln und im Winter Schlittschuh laufen konnte. An den Weiher grenzte eine Schrebergartenkolonie, und dahinter begannen schon die Felder. Als Kind war ich aber am liebsten in dem kleinen Wäldchen, das ebenfalls nicht weit weg war, wo es Brombeeren gab, lichte Birkenfluchten und dunkles Fichtendickicht. Ich konnte mich als Kind gut mit mir allein beschäftigen und habe mir alle möglichen Geschichten ausgedacht.

Ab der Schulzeit hatte ich viele Freunde. Meistens haben wir in den Gärten oder eben im Wald und auf den Wiesen gespielt. Ich wollte später mal Gärtnerin werden und habe Unkräuter ausgegraben und in kleine Töpfe gesetzt. Heute bin ich lieber in der Stadt als auf dem Land, reise lieber in Metropolen als durch schöne Landschaften, ich bin keine leidenschaftliche Gärtnerin geworden und habe überhaupt keinen grünen Daumen. Im Grunde bin ich in der Hinsicht ein bisschen wie Barbara.

Aber wahrscheinlich interessiert dich viel mehr, wie das war, ohne Vater aufzuwachsen. Das ist nicht ganz leicht zu beantworten. Mein Vater fehlte mir nie bewusst, weil ich genug Liebe und Aufmerksamkeit bekam und mit Heinz einen Ersatzvater-Opa hatte. Mein Vater war eher wie ein Wort, das einem auf der Zunge liegt, aber partout nicht einfallen will.

Dennoch habe ich mich insgeheim nach der klassischen Vater-Mutter-Kind-Konstellation gesehnt, die in den Familien meiner Freundinnen gelebt wurde, wo ich so wahnsinnig gern zu Besuch war. In den 80er Jahren war ich in meiner Grundschulklasse eines von zwei Kindern mit einer alleinerziehenden Mutter. In meinen Fantasiegeschichten und -spielen war ich oft ein anderes Mädchen, das anders aussah und hieß und in einer anderen Familie lebte.

Erst mit 18 Jahren habe ich meiner Mutter die Frage nach meinem Vater gestellt. Es blieb mir gar nichts anderes übrig. Ich hatte eine Einladung aufs Amtsgericht bekommen und ging völlig ahnungslos dorthin, dachte, das Jugendamt werde mich nun aus seiner Vormundschaft entlassen, die es damals für uneheliche Kinder übernommen hat.

In diesem Kleinstadt-Amtsgericht, in einem beigefarbenen Behördenzimmer hat mir also ein Beamter, an dessen Gesicht ich mich nicht mehr erinnern kann, erzählt, wer mein Vater ist und dass ich nun, mit 18 Jahren, das Recht habe, Unterhalt einzuklagen. Ich bekam eine Akte, in der sein Name stand und seine Adresse mit dem Vermerk „Unbekannt verzogen".

Danach war ich ziemlich wütend. Auf mich selbst, dass ich so blauäugig in dieses Gericht spaziert war. Und natürlich auf Barbara. Weil ich wie ein ahnungsloses Schaf vor diesem Beamten hatte sitzen müssen. Weil sie mir nie von meinem Vater erzählt hatte. Weil es nun an mir war, Antworten einzufordern auf Fragen, die ich noch gar nicht kannte.

Zu Hause hatte ich dann einen ziemlich heftigen Streit mit Barbara, in dem sie mir sagte, dass ich mich nicht für meinen Vater zu interessieren brauche, weil er sich ja auch nie für mich interessiert habe. Damit war das Thema für Barbara erledigt und für mich auch. Ich habe es tatsächlich für sehr lange Zeit irgendwo ganz tief in mir vergraben. Oder vielleicht habe ich es eher ganz weit von mir abgespalten, weil ich geahnt habe, welche Kraft es kosten würde, Barbaras Schweigen zu überwinden und mich mit diesem Thema auseinanderzusetzen, das ganz sicherlich alles infrage stellen würde, was ich bis dahin zu sein und über mich zu wissen glaubte.

Und wahrscheinlich war ich damals auch ganz einfach zu jung dafür. Ich wollte leben, möglichst wenig Verantwortung tragen, wollte in eine Zukunft sehen, die wie ein Haus mit 100 Räumen vor mir lag, und nicht im Keller der Familiengeschichte buddeln, wo es dunkel war und auch ein bisschen unheimlich.

Barbara und ich haben bis zu ihrem Tod nie mehr über meinen Vater gesprochen.

Dieses Schweigen ist eines der wenigen Dinge, die ich meiner Mutter bis heute übelnehme: dass sie nicht in der Lage war, vernünftig mit mir über Hagai zu sprechen. Dass sie ihre Geschichte nicht von meiner trennen konnte. Dass sie nicht verstanden hat oder sich nicht eingestehen wollte, dass es für ein Kind wichtig ist zu wissen, wo es herkommt. Dass sie mir diese Geschichte schuldig geblieben ist. Letztendlich bin ich traurig darüber, dass wir über die wichtigsten Dinge nicht gesprochen haben.

## Wertvolle Erinnerungen
aus mehreren Generationen
und zwei Ländern

*Barbara,*
1977 als Freiwillige im Kibbuz

*Hagai,*
als Soldat in den 70er-Jahren

*Viktor,*
du und ich
im Frühjahr 2014

Heinz, mit seinen Eltern Gustav und Friederike an der Nordsee in den 20er-Jahren

Heinz, als junger Offizier in München in den 30er-Jahren

Rosa, als Kind in der Annagasse ihres Heimatortes Ichenhausen in den 20er-Jahren

Rosa, mit Vater
Gregor und
einer Tante in den
30er-Jahren

Rosa, als
junge Frau in den
Kriegsjahren

Judith und Abschalom, als junge Kibbuzniks in den 30er-Jahren in Israel

Judith und Abschalom mit ihren Kindern in den 40er-Jahren

Barbara und Gregor,
mit ihren Enkeln
Barbara (hinten)
und Nina im Günzburg
der 50er-Jahre

Hagai,
mit Mutter Judith
in den 50ern

Judith und Abschalom,
wachsende Familie in den 50ern

Barbara mit Großmutter Barbara in den 50er-Jahren

Hagai, mit seinem Vater Abschalom in den 50ern

Rosa und Heinz, erste Badeurlaube in den 60er-Jahren

Rosa und Heinz, mit Nina und Barbara am Baggersee

Rosa, Heinz, Barbara (hinten) und Nina im typischen 60er-Jahre-Look im heimischen Garten in Günzburg

Barbara (3. v. li.), als Schwesternschülerin Ende der 60er-Jahre

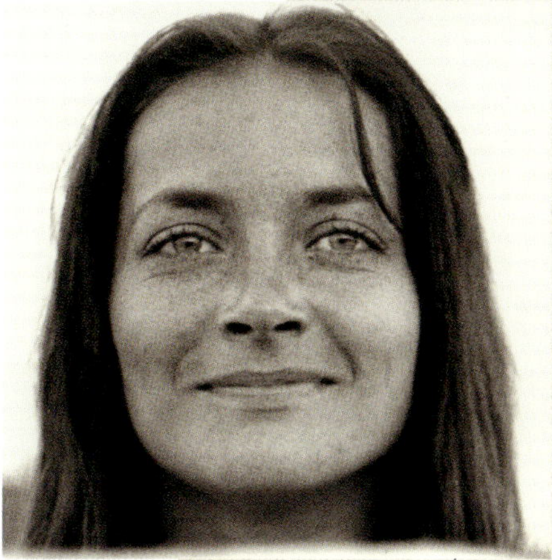

Barbara, als junge Frau in den 60er-Jahren

Hagai, als Vorarbeiter in den Bananenplantagen des Kibbuz‘ in den 80er-Jahren

Barbara, hochschwanger nach ihrer Rückkehr nach Deutschland 1978

Rosa, Heinz und Lisa, erstes gemeinsames Weihnachten 1978

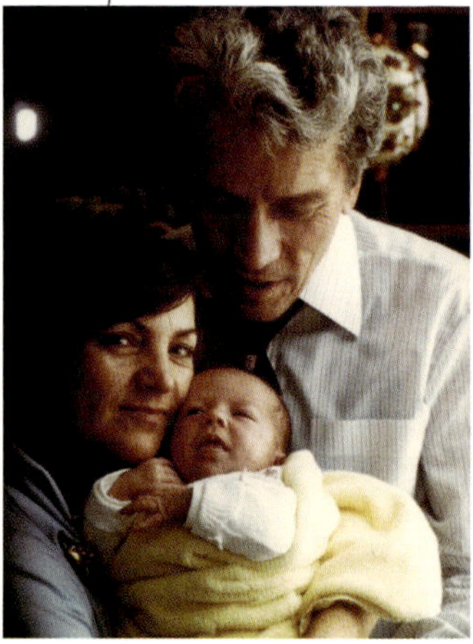

Barbara und Lisa, Weihnachten 1978

Barbara, Rosa und
Lisa, erste Ausfahrt
im Kinderwagen

Rosa, Heinz,
Barbara
(links hinten)
und Nina in den
80er-Jahren

Lisa und Hagai,
bei ihrem
ersten Treffen in
Jerusalem 2008

Lisa (hinten links),
mit Bitya, Hagai
(beide Mitte sitzend)
und Bityas Kindern
und Enkeln in
Jerusalem

Lisa und Hagai,
2009 vor dem
Berg Hermon

Lisa und Hagai,
am Strand von
Tel Aviv 2009

Lisa, am Strand von Tel Aviv 2012

Rosa, Bitya und Hagai, beim Weißwurstfrühstück im Günzburger Stadtturm 2013

Bitya, Lisa, Hagai und Viktor
2014 in Stuttgart

Wo alles begann: Kibbuz am
See Genezareth

Viktor, am Kibbuz-Strand, bei deiner ersten Reise nach Israel

Hagai, Lisa und Viktor
2014 im Kibbuz

Oktober 2014

*Mein lieber Viktor,*

letzte Woche sind wir zwei mit dem Zug nach Hamburg gefahren. Wir haben dort meine Studienfreundin Katja, ihren Mann und die zwei Kinder besucht. Wenn ihr Kinder im Bett wart, haben Katja und ich etwas wehmütig über unsere Zeit in Mainz gesprochen, wo wir studiert haben. Die Uni-Jahre waren wirklich schön. So frei, alles war noch offen, die Tage gefüllt mit neuem Wissen und neuem Spaß. Verantwortung trug man nur für sich selbst – und schon das war mehr als genug. Meine WG lag nicht weit vom Rheinufer entfernt. Oft saßen oder lagen wir am Fluss und haben dem Wasser und den Schiffen beim Vorbeiziehen zugesehen, haben Pläne gemacht und uns überlegt, wo es uns alle wohl mal hin verschlagen wird – und wollten uns gleichzeitig noch gar nicht festlegen. Bei jedem Praktikum, egal, wie viel Spaß es mir gemacht hat, war ich froh, dass es nach ein paar Wochen wieder vorbeiging. Das Studium war irgendwie eine Zwischenzeit. Ich fühlte mich schon schrecklich erwachsen und war doch noch ziemlich kindisch und unbeschwert. Klar hatte aber auch ich Momente, in denen ich unsicher war, planlos und mit Angst vor der Zukunft.

Aber meine Suche war eine ganz andere als die von Barbara, eine weniger existenzielle, aber auch weniger orientierungslose Suche. Grundsätzliche Fragen zum Zusammenleben zwischen Mann und Frau, über die sich Barbaras Generation noch Gedanken gemacht hat, schienen für mich bereits geklärt, der Kampf um die Gleichberechtigung ausgefochten, manche Idee in der Praxis gescheitert und viele Möglichkeiten für Frauen eröffnet. Während Frauen wie Barbara ganz neue Rollen und Lebensentwürfe definieren wollten und Pflöcke einschlagen mussten, dachte ich, dass es für meine Generation nur darum gehe, die erkämpften Freiheiten auszuleben.

Zum Beispiel stand für mich außer Frage, dass ich – sollte ich Kinder haben – weiter arbeiten gehen möchte und in einer gleichberechtigten Beziehung leben will. Dass das mit der Karriere trotz Kindern auch heute noch nicht einfach ist und die Gleichberechtigung in Beziehungen oft spätestens dann endet, wenn Nachwuchs ins Spiel kommt, war mir damals, mit Anfang 20, noch überhaupt nicht klar. Ich habe unterschätzt, wie viel Kraft es kostet, auch mit Kindern als Frau selbstbestimmt zu bleiben, und wie viele Diskussionen es braucht, um ein gleichberechtigtes Familienmodell zu finden, in dem Mann und Frau zufrieden sind. Und ja, ich habe auch unterschätzt, dass zur gelebten Gleichberechtigung gehört, loszulassen und das Kind dem Mann anzuvertrauen, der die Dinge vielleicht ganz anders macht als man selbst.

Mir war also nicht klar, dass nach dem großen Kampf für Gleichberechtigung die eigentliche Arbeit beginnt – nämlich sie jeden Tag auch zu leben.

Ganz sicher war ich in diesem Punkt viel blauäugiger, unreflektierter und unpolitischer als Barbara mit Anfang 20. Und wenn ich heute manchmal mit deinem Vater darüber diskutiere, wie Gleichberechtigung eigentlich konkret in einer Beziehung aussieht, wie wir die Kinderbetreuung und all das Drumherum zwischen uns aufteilen können, und er mir (zu Recht) vorwirft, nichts abgeben zu können, dann frage ich mich manchmal, was Barbara dazu gesagt hätte, dass ihre im Geist der Emanzipation erzogene Tochter sich manchmal ganz freiwillig in alte Rollenverteilungen fügt.

Aber eigentlich will ich dir heute von meiner Suche erzählen, von der Suche nach meinem Vater. Sechs Jahre ist das her, aber es kommt mir vor, als sei alles gerade eben erst geschehen.

Als ich den Entschluss dazu fasse, meinen Vater zu suchen, stecke ich wieder in einer Art Zwischenzeit. Ich bin gerade mit meinem Volontariat bei der Zeitung fertig und habe eine erste Stelle als Redakteurin in einer kleinen Lokalredaktion auf dem Land. Die Arbeit macht mir Spaß, ich lerne viel, aber ich bin in dem kleinen Städtchen, wo ich niemanden kenne außer meinen Kollegen, auch ein bisschen allein. Barbara ist seit drei Jahren tot, sie ist kurz nach meinem Universitätsabschluss gestorben, aber ich habe das fürchterliche Jahr ihrer Krankheit und den Tod noch nicht wirklich verarbeitet, habe es im Gegenteil eher verdrängt und einfach weitergemacht und dabei nicht gemerkt oder merken wollen, wie sehr mich das alles erschüttert hat.

Der Winter 2007/2008 ist also ein Winter, in dem ich nicht weiß, wohin mit mir. Und mein guter Vorsatz zu

Silvester wird es, Hagai zu suchen. So, als könnte ich seine Abwesenheit beenden wie eine schlechte Angewohnheit. Vielleicht ist es auch meine Strategie, mich nicht mit mir und Barbara beschäftigen zu müssen, was natürlich absurd ist, denn nichts wird mich am Ende jemals mehr auf mich selbst zurückwerfen und mich meiner Mutter näherbringen als diese Reise.

Kurz nach Silvester buche ich für Juni einen Flug nach Israel: München – Tel Aviv ohne Reiserücktrittsversicherung.

Barbaras Tagebuch ist so eine Art Reiseführer, anhand dessen ich meine Route plane: Ich buche ein Zimmer im Hotel des Kibbuz und in einer Pension in Jerusalem. Dann verdränge ich die ganze Reise erst einmal wieder aus meinen Gedanken.

Meine Freunde, denen ich davon erzähle, finden das Vorhaben mutig. Ich empfinde es in dem Moment gar nicht so. Normalerweise bin ich eine große Bedenkenträgerin, aber in Extremsituationen stürze ich mich einfach hinein, ohne über die Konsequenzen nachzudenken. Ich glaube, ich denke zu diesem Zeitpunkt immer nur bis zur Ankunft in diesem mit Bougainvillea bewachsenen Kibbuz am See, in dem Barbara so glücklich war – aber nie daran, was eigentlich passieren wird, falls ich meinen Vater tatsächlich finden sollte. Wahrscheinlich rechne ich einfach gar nicht damit.

Eigentlich will ich vor allem diesen Ort sehen, an dem ich entstanden bin und wo Barbara Barbara war, bevor sie meine Mutter wurde. Und wo ich hätte aufwachsen, der meine Heimat hätte sein können. Und ja, wahrscheinlich will ich schon auch diesen Mann mal sehen. Aber ich erwarte oder erhoffe mir nicht, in Israel den verlorenen Vater zu treffen. Im Gegenteil. Ich bin, sollte ich ihn finden, eher darauf gefasst, dass er zurückhaltend und ablehnend reagieren wird. Barbaras Worte, dass er sich nie für mich interessiert habe, haben sich eben doch festgesetzt.

Ich habe von meinem Vater keine klare Vorstellung. Auf dem vergilbten Foto sieht er so ernst aus. Es ist schwer, meine Gefühle jetzt im Nachhinein zu rekonstruieren. Aber ich war auf jeden Fall sehr viel weniger aufgeregt, als du vielleicht denkst.

Den Abend und die Nacht vor dem Abflug verbringe ich bei meiner Freundin Katrin in München. Wir sitzen bis spät abends zusammen, trinken Wein, rauchen viele Zigaretten. Ich bin noch sehr müde, als ich am 1. Juni 2008 ganz früh morgens mit der S-Bahn zum Flughafen München fahre. Für Israel-Flüge gibt es einen Extra-Terminal, den Terminal F, weit abseits der anderen und mit verschärften Sicherheitsvorkehrungen. Man muss drei Stunden vor Abflug da sein und wird peinlich genau befragt. Wohin man reist, warum, wen man treffen wird, wer den Rucksack gepackt hat, ob man Sachen Dritter transportiert – lauter solche Dinge. Ich bin sehr unsicher, sage, ich käme als Touristin, die Bekannte ihrer Mutter treffen will. Etwas merkwürdig finden die Sicherheitsleute es schon, dass ich ganz allein durchs Land reisen will.

Trotzdem komme ich an diesem 1. Juni ohne Probleme durch die Sicherheitschecks. Und dann sitze ich in einer El-Al-Maschine nach Tel Aviv und esse zum ersten Mal in meinem Leben Hummus, das israelische Nationalgericht aus Kichererbsen.

Um noch einmal zum Anfang zurückzukommen: Nicht alle meine Pläne und Träume aus der Universitätszeit haben sich erfüllt. Ich bin zum Beispiel nicht Feuilleton-Redakteurin geworden. Aber das ist nicht so schlimm. Denn dafür sind Dinge passiert, die sich die 20-jährige Lisa nicht vorstellen konnte. Sehr schlimme wie der Tod von Barbara und sehr schöne wie die Reise nach Israel. Und du natürlich.

November 2014

*Mein lieber Viktor,*

vor einer Woche haben wir mit der Eingewöhnungsphase in der Kita begonnen (bislang gefällt es dir ganz gut), und deine Uroma Rosa überlegt nun doch, ob sie das Haus verkaufen und in eine kleinere Wohnung ziehen soll, weil es langsam mühsam wird, so allein in dem großen, alten Haus. Beides ist für mich sehr aufwühlend. Bei beidem geht es um Abschied, um Loslassen. Und während ich mir sicher bin, dass es dir guttun wird, jeden Tag ein paar Stunden mit anderen Kindern und auch mit anderen Erwachsenen zu verbringen, bin ich mir bei Rosas Vorhaben schon weniger sicher. Das Haus ist sie – und sie ist dieses Haus. Ich habe die kindlich-romantische Vorstellung, dass sie für immer dort leben wird. Aber das Alter ist leider nicht romantisch.

Manchmal muss man sich von einer Vorstellung verabschieden. So ging es mir auch in Israel: Meine Reise allein dorthin hatte ich mir ziemlich wild-romantisch vorgestellt.

Aber als ich am Flughafen Ben Gurion in die Hitze Israels trete, habe ich erst einmal Angst. Ich weiß nur, dass es einen Bus zum Bahnhof Tel Aviv geben muss, von wo aus die Überlandbusse starten. Einer davon soll mich nach Tiberias bringen, in die größte Stadt am See Genezareth, nicht weit vom Kibbuz meines Vaters entfernt. Aber der Bus nach Tel Aviv ist nicht so leicht zu finden, alle Menschen, die ich frage, sind sehr unfreundlich und ungeduldig, und die Bushaltestelle liegt an einer großen Ausfallstraße ein Stück vom Flughafen entfernt. Ich muss mit meinem großen Rucksack durch die Hitze laufen und bin schon durchgeschwitzt, noch bevor die Reise richtig begonnen hat.

Aber irgendwann kommt endlich der Bus, und auf der kurzen Fahrt nach Tel Aviv bekomme ich meinen ersten Fast-Heiratsantrag von einem jungen Mann mit Kippa, der mich offenbar für eine eben gelandete junge Einwanderin hält. Er fragt, woher ich komme und wie alt ich sei. Dann will er wissen, ob ich verheiratet bin. Als ich nein sage, fragt er, ob ich Jüdin sei. Als ich mich als Christin oute, ist das Gespräch sehr schnell beendet.

Die Fahrt nach Tiberias verläuft dann unspektakulärer und länger als gedacht. Die meiste Zeit gucke ich aus dem Fenster und sehe, was Barbara wohl auch gesehen hat. Erinnerst du dich? „Wir fahren durch leichte grüne Hügellandschaft. Ich bin sehr gespannt. In Afula kleine Pause, kaufe einen Stern vom November", hatte Barbara geschrieben.

Der See Genezareth liegt im Norden von Israel. Von Tel Aviv kommend durchquert man bei der Fahrt einen ziemlich großen Teil dieses gerade mal 470 Kilometer langen, kleinen Landes. Es geht durch das fruchtbare Israel-Valley, wo viel Gemüse und Obst angebaut wird, und dann durch die Hügel Galiläas, die im Winter, bei Barbaras Ankunft, grün, im Hochsommer, als ich sie zum ersten Mal sehe, aber schon braun-gelb verbrannt sind.

Als ich in Tiberias ankomme, ist es bereits dunkel, und ich steige schnell in ein Taxi, das mich die paar Kilometer zum Kibbuz bringt. Der See liegt schwarz glänzend zu meiner Rechten, und wir fahren durch eine tiefe Dunkelheit, die ich aus der Stadt nicht kenne. Trotzdem erkenne ich die riesigen Bougainvillea-Sträucher, die sich neben dem Tor am Eingang zum Kibbuzgelände auftürmen und deren Blüten Barbara zwischen den Tagebuchseiten gepresst hat. Das Tor geht auf und zu, und dann bin ich da.

Ein paar hundert Meter weiter liegt das Kibbuz-Hotel. Obwohl es schon spät ist, ist die Nacht noch warm, und es riecht nach Steinen, Menschen und Pflanzen, auf die schon seit Monaten eine heiße Sonne brennt.

Der Typ an der Rezeption guckt mich interessiert an. Ich bin als Alleinreisende eher eine Exotin. Meist sind es Pilgergruppen, die hier absteigen. Das Hotel ist ein 70er-Jahre-Bau, ein funktionales Gebäude aus Beton, weit die Gänge und die Eingangshalle, mit holzfarbenen Sitzgruppen, in denen bei meiner Ankunft ein paar Pilger zusammensitzen und zur Gitarre singen. Der Rezeptionist blättert in meiner Reservierungsbestätigung. Es sind mehrere Zettel aufeinandergetackert, weil ich im Vorfeld mehrmals die Dauer meines Aufenthalts geändert hatte.

Mein Zimmer liegt in einem Nebengebäude. Es ist ein wenig muffig, in Brauntönen eingerichtet, und an den Fenstern klebt dunkelgelbliche Sonnenschutzfolie. Wenn ich heute an die Reise zurückdenke, sehe ich mich auf dem Doppelbett liegen und getrocknete Sonnenblumenkerne knabbern. Ich habe mich oft einsam gefühlt in den ersten Tagen.

An diesem allerersten Abend gehe ich nochmal raus aus dem Zimmer an die Hotelbar und trinke dort ein Glas Weißwein, esse einen Salat mit weißem Käse und unterhalte mich mit dem Barkeeper. Er ist ein freundlicher, grauhaariger Araber mit roter Weste, der mir anbietet, mich an einem der kommenden Tage mit dem Auto nach Tiberias mitzunehmen.

Ich habe eine furchtbar heiße Zeit für meine Reise erwischt. Der Wüstenwind Chamsin weht über das Land und bringt 40 Grad in die Ebene um den See. Jeden Morgen frühstücke ich an einem kleinen Tisch direkt vor den großen Fensterfronten des Speisesaals, während die Pilgergruppen an langen Tafeln zusammensitzen, ihr Tagesprogramm besprechen und das Büfett loben. Es ist aber auch wirklich toll. Es gibt Tomaten-Gurken-Salat zum Frühstück, verschiedene Käsesorten und geräucherten Fisch, Obst, Pancakes und Feigenmarmelade, Fladenbrot, Kuchen und Eier.

Vor 30 Jahren hat meine Mutter hier gearbeitet, hat die Tische gedeckt und abgeräumt, das Büfett aufgefüllt und hinterher ganz sicher mit den anderen Freiwilligen über die Touristen gelästert. Während ich Rührei und Hüttenkäse esse, sehe ich plötzlich Barbara vor mir, wie sie Teller aufeinanderstapelt und unter ihren langen Ponyfransen hindurch und etwas von oben herab auf die Touris guckt – und wohl auch etwas missmutig, weil ihr diese Arbeit eigentlich viel zu stumpfsinnig ist.

In diesen ersten Tagen erkunde ich vor allem den Kibbuz. Ich bade im See und gucke den auf antik getrimmten Touristenbooten vom Kiesstrand aus zu, wie sie über das Wasser tuckern, auf dem Jesus gewandelt sein soll, während ihre Passagiere christliche Lieder singen, die der Wind über den ganzen See trägt. Aber die meiste Zeit laufe ich über das Gelände, das die Größe eines kleinen Dorfs hat. Ich glaube, dass der Kibbuz gar nicht so sehr anders aussieht als zu Barbaras Zeiten.

Die Häuser sind einfache, meist eingeschossige weiße Würfel mit einer Veranda davor, auf der oft ein durchgesessenes Sofa steht. Sie liegen verstreut auf einer großen

Rasenfläche, durch die schmale Gehwege führen. Es gibt auch ein paar größere Gebäude, ehemalige Gemeinschaftsgebäude, und einige Mehrfamilienhäuser. Die Pflanzen sind mediterran. Palmen und Bougainvillea, Orchideen und Büsche mit großen, roten Blüten. Es ist sehr ruhig, kaum jemand begegnet mir. Nur aus einem Haus höre ich das Lachen und Lärmen spielender Kinder.

Am schönsten finde ich es direkt am See, wo der Wind sanft durch einen breiten Schilfgürtel streicht und man weit über die glatte Wasseroberfläche blicken kann – bis auf die gegenüberliegenden Golanhöhen, die manchmal ganz klar zu sehen sind und manchmal nur wie eine verschwommene Ahnung.

Ich spaziere also durch den Kibbuz und fühle mich merkwürdig dabei. So, als würde ich die Kulissen des Lebens meiner Mutter besichtigen. Sie ist mir nah und fremd zugleich, und immer wieder lese ich in dem Tagebuch, das wie ein Anker ist, ein Talisman und ein Stück Zuhause in der Fremde. Ich lese auf einer Bank unter einem großen Baum sitzend, während die Blätter rascheln, oder abends auf dem Doppelbett liegend und Sonnenblumenkerne knabbernd, weil ich mich allein nicht in den Speisesaal zu den Pilgergruppen traue. Ich habe das Gefühl, meine Mutter neu kennenzulernen, jene Barbara, bevor sie Mutter war. Das ist spannend, aber auch befremdlich. Sie kommt mir so jung vor, so naiv, so bewundernswert begeisterungsfähig, so neugierig, so dumm, so mutig, so sehr ein Kind ihrer Zeit. Ich bewundere, dass sie einfach losgefahren ist, als es ihr in Lüneburg nicht mehr gefallen hat, dass sie so konsequent war. Nicht wie ich, die ich mich gern den Gegebenheiten anpasse.

Und ich habe plötzlich ein schlechtes Gewissen. Barbara wollte mit mir wegziehen aus der Kleinstadt, in eine größere Stadt – oder in ein anderes Land. Aber ich wollte nicht, wollte bei meinen Freunden bleiben, in meiner Schule, bei Oma und Opa. Mir zuliebe ist Barbara an dem Ort geblieben, von dem sie sich ihr ganzes Leben lang emanzipieren wollte. Habe ich sie ausgebremst? Oder war das Kind eher eine willkommene Ausrede, sich nicht mehr aus dem bequemen Nest wegzubewegen, der vorgeschobene Grund, warum sie den Traum von der weiten Welt, vom anderen Lebensmodell aufgeben musste? Wäre meine Mutter ohne mich glücklicher geworden?

Lauter solche Sachen gehen mir durch den Kopf. Aber natürlich denke ich auch darüber nach, wie ich meinen Vater finden kann und ob er vielleicht noch im Kibbuz lebt, in einem der weißen Würfel, hier, ganz in meiner Nähe.

Dezember 2014

*Mein lieber Viktor,*

mittlerweile gefällt es dir sehr gut in der Kita. Du machst sogar schon deinen Mittagsschlaf dort. Rosa hat jetzt tatsächlich einen Makler beauftragt, der ihr Haus verkaufen soll. Ich habe ein bisschen Angst vor dem, was jetzt kommt.

Vor dem Aussortieren, Wegwerfen, den Erinnerungen, die aus jeder Schublade quellen. Das Haus ist wie ein Gedächtnis, dort lagern all die Dinge, die uns auszumachen scheinen: Friederikes bestickte Aussteuer aus Magdeburg. Das alte Kanapee von Gregor und Barbara. Alles, was Heinz und Rosa sich aufgebaut haben. All die Briefe und Fotos von Barbara, die ich nicht wegwerfen konnte, als ich nach ihrem Tod unser kleines Haus ausräumen musste. Alte Spielsachen, Bücher und Bilder von mir.

Es kommt mir vor, als müssten wir die Geschichte unserer Familie abwickeln. Was passiert mit meinen Kindheitserinnerungen, wenn es den Ort nicht mehr gibt, an dem sie entstanden sind? Wie soll ich dir erklären, was für Menschen dein Urgroßvater Heinz und deine Großmutter Barbara waren, wenn es die Räume nicht mehr gibt, in denen ich uns immer noch alle zusammen sehe? Was macht es mit uns als Familie, wenn unsere Geschichte sich nicht mehr in Gegenständen zeigt, sondern nur noch in unseren Köpfen lebt und stirbt? Wenn das Haus verkauft wird, dann kommt mir das wie der endgültige Abschied vom Kindsein vor. Ein Abschied, der eigentlich schon vor vielen Jahren begonnen hat, als meine Mutter gestorben ist.

Manchmal denke ich, dass die Entscheidung nach Israel zu fahren, vielleicht doch von der Sehnsucht getrieben war, nach dem Tod Barbaras noch einmal von vorn Tochter sein zu können, diese existenzielle Erfahrung des Kindseins, die mir mein Vater so lange Zeit verwehrt hat, nachzuholen. Und ganz sicher spielte auch die Angst mit hinein, es könne irgendwann und ganz plötzlich dafür zu spät sein.

In Israel, im Kibbuz, fühle ich mich bei der Suche nach Hagai allerdings zunächst nicht wie die verlorene Tochter, sondern wie die Hauptdarstellerin in einem Film, in dem sich die Dinge allzu einfach fügen:

Bei einem meiner Streifzüge durch das Kibbuzgelände, auf einem der engen Wege, kommt mir ein älterer Mann entgegen. Spontan frage ich ihn, ob er Hagais Familie kenne. „Ja", sagt der Mann, „natürlich, das ist eine alteingesessene Familie hier." Ich erzähle ihm, dass meine Mutter vor 30 Jahren hier als Freiwillige im Kibbuz war (stimmt) und sich mit den Kindern der Familie damals angefreundet hatte (stimmt fast). Da erzählt er, dass die Eltern (also meine Großeltern) schon tot seien, aber dass zwei der Kinder, ein Sohn und eine Tochter, im Kibbuz leben. „Wie heißt der Sohn?", frage ich. „Amnon", sagt der Mann – und ich bin halb erleichtert, halb enttäuscht, dass es nicht Hagai ist. Dann erzählt er mir, dass die Tochter, Ada, im Management des Hotels arbeitet und ich doch einfach mal vorbeigehen soll.

Einfach mal vorbeigehen. Ich überlege einen ganzen Nachmittag lang, ob ich das tun soll. Und was ich Ada sagen soll, damit sie mir erzählt, wo Hagai ist. Am Ende gehe ich einfach an die Rezeption und frage den Mann dort, ob er Ada sagen könne, dass ich gern mit ihr sprechen möchte.

Tatsächlich kommt sie kurz darauf die Treppe vom ersten Stock in die Lobby herunter. Sie hat rot gefärbte lockige halblange Haare und sehr dunkle Augen. Sie wirkt auf den ersten Blick etwas unnahbar, man spürt sofort ihre Intelligenz und den Eigensinn. Ein bisschen erinnert sie mich an Barbara.

Ich merke, dass sie misstrauisch ist. Also erzähle ich wieder die Geschichte von meiner Mutter. Diesmal sage ich, dass sie sich mit einem ihrer Brüder angefreundet hatte, mit Hagai. Ada sagt nicht viel dazu, aber erzählt immerhin, dass Hagai jetzt in Jerusalem lebt. Sie selbst sei zu der Zeit, als Barbara da war, in Amerika gewesen, weshalb sie sich nicht an sie erinnern könne. Dann bittet sie mich, ihr den Namen meiner Mutter und meinen Namen aufzuschreiben. Und verspricht, Hagai einen Gruß auszurichten, wenn sie das nächste Mal mit ihm telefoniert.

Wir verabschieden uns und ich gehe auf mein Zimmer.

Um mich abzulenken, beschließe ich, mit dem Bus nach Tiberias zu fahren, in die Stadt, in der Barbara mit Christine und Angelika tropfnass nach ihrer etwas missglückten Radtour ankam, die Stadt, in der meine Mutter zum Arzt ging, als sie befürchtete, das Kind, mich, zu verlieren.

Tiberias ist ein kleines Städtchen am See. Ich gehe auf den Markt, gucke mir die Überreste einer alten Moschee an, kaufe eine Pita mit Schawarma und Hummus und weiß überhaupt nicht, wie es jetzt weitergehen soll. Nach ein, zwei Stunden fahre ich wieder mit dem Bus zurück ins Hotel. Als ich auf dem Zimmer bin – wahrscheinlich gucke ich eine der amerikanischen Serien, die hier ständig im Fernsehen laufen –, ruft Ada mich an. Sie habe gerade mit Hagai gesprochen, sagt sie, und solle mir seine Telefonnummer geben. Ich solle ihn unbedingt anrufen. Und dann lädt sie mich noch für den nächsten Nachmittag zu sich zum Kaffee ein.

Wenn ich mir das alles heute noch mal ins Gedächtnis rufe, kommt es mir sehr unwirklich vor. Wie ein Film. Aber für einen Film wäre meine Suche wahrscheinlich viel zu unspektakulär. Irgendwie geht alles sehr einfach – und ist trotzdem unheimlich schwer. Soll ich ihn anrufen oder nicht? Was soll ich sagen? Was wird er sagen? Was folgt auf das Telefonat?

Ich lasse mir etwas Zeit.

Am nächsten Tag will ich erst einmal eine Radtour machen. Um den See Genezareth, so wie Barbara und Christine. Im Kibbuz kann man sich Fahrräder ausleihen. Ich habe das Gefühl, die Erste zu sein, die das Angebot nutzt. Der Mann guckt mich an, als wäre ich meschugge, und erklärt mir, dass es ziemlich heiß ist. Gefühlte 40 Grad, Chamsin eben. Ich versuche es trotzdem. Auf der Landstraße fahre ich Richtung Osten. Meist auf der Straße, manchmal auf dem Gehweg, der für den Besuch von Papst Johannes Paul II. gebaut wurde. Ich gucke mir die Pilgerstätten an. Tabgha, die Brotvermehrungskirche, den Berg der Bergpredigt. Vorbeifahrende Autofahrer und Busfahrer hupen mich an, als sei ich hier ein Fremdkörper.

Dann erreiche ich Kafarnaum, das aus vielen alten Steinen und einer ufoähnlichen, ziemlich hässlichen Kirche besteht. Viele Geschichten aus dem Religionsunterricht fallen mir wieder ein. Wie sich Jesus in Kafarnaum von der Sünderin die Füße waschen ließ. Wie er den Lahmen heilte, den Toten zum Leben erweckte.

Ich glaube nicht, dass es einen Gott und einen Gottessohn gibt. Aber ich glaube, dass es einen Menschen wie Jesus gegeben hat, der ein radikaler Reformer war mit radikalen Ideen und deshalb sterben musste. Seine Lehre der Nächstenliebe finde ich gut, sein Herz für die Armen und Schwachen. Um es einfacher zu sagen: Ich bin nicht gläubig, aber ich glaube an die Botschaften dieses Jesus als kluge Grundsätze menschlichen Zusammenlebens.

Außerdem ist mein ganzes Aufwachsen mit dem üppigen Katholizismus der bayerischen Provinz verbunden, dem man – auch mit einer atheistischen Mutter – nicht entkam. Viele Bilder aus meiner Kindheit sind damit verknüpft: die Blumenteppiche an Fronleichnam, das weiße Kleid zur Kommunion, die brokatbehängten Katakomben-Heiligen in ihren Glassärgen, der Pfarrer, wie er aus einem goldenen Becher das Blut Jesu trinkt, das Kerzenmeer auf dem Friedhof an Allerheiligen. Dazu die Geräusche: schwingende Weihrauchgefäße, die Glocken der Wandlung, das gemeinsame Vaterunser-Gemurmel der Gemeinde. Ich habe unzählige Stunden in Gottesdiensten verbracht, bin mit christlichen Jugendgruppen gewandert und Ski gefahren, bin in meiner katholischen Schule regelmäßig zur Beichte gegangen, weil dafür der Unterricht ausfiel.

Als Kind war es für mich eine merkwürdige Vorstellung, dass all die Geschichten aus der Bibel nicht in Deutschland spielten, sondern woanders, weit weg.

Und deshalb ist es jetzt schon ein besonderes Gefühl, an diesen Orten zu sein, die so vielen Menschen so viel bedeuten. Es ist ein bisschen, als träfe man einen sehr alten, lange etwas links liegengelassenen Bekannten wieder. Und vielleicht geben mir diese Orte deshalb ein angenehm vertrautes Gefühl, weit weg von zu Hause.

In Kafarnaum, im Schatten einiger Bäume, denke ich also über meinen Glauben nach – aber vor allem auch darüber, dass ich diese Radtour sofort abbrechen muss, weil es einfach viel zu heiß ist.

Ich kehre also um und fahre zurück in den Kibbuz. Ich habe gerade mal acht Kilometer geschafft.

Im Hotel rufe ich Hagai an. „Ich warte schon den ganzen Tag auf deinen Anruf", ist das Erste, was mein Vater zu mir sagt. Er hat eine ruhige, ein wenig nuschelnde Stimme am Telefon. Von dem Gespräch weiß ich nicht mehr allzu viel. Ich glaube, wir sprechen über mich, was ich mache, und über ihn. Auch über Barbaras Tod, von dem er natürlich bis dahin noch nichts gewusst hat. Ich habe das Gefühl, dieses erste Telefonat läuft auf meiner Seite emotionslos ab. Wahrscheinlich bin ich in einer Art Schockzustand. Es ist ein bisschen wie ein Gespräch bei einem Blinddate. Man umreißt sein Leben in kurzen Zügen und versucht, sich interessant zu machen. 30 Jahre in einer Stunde. Hagai sagt, ich müsse unbedingt nach Jerusalem kommen, was ich ja ohnehin geplant habe. Allerdings seien er und seine Frau übers Wochenende in einem lange geplanten Kurzurlaub, danach allerdings will er mich gleich treffen.

Dezember 2014

*Mein lieber Viktor,*

bald ist Weihnachten. Wir werden die Feiertage in Günzburg verbringen, so, wie meine Mutter und ich jedes Jahr. Ich erinnere mich an viele glückliche Weihnachten. Barbara und ich saßen am Fenster, schauten in den Nachthimmel, und ich hoffte, dass das Christkind auf seinem Wagen vorbeifährt, was es natürlich nie tat. Irgendwann klingelte dann das Glöckchen, und ich durfte in das Zimmer mit dem Baum gehen, an dem echte Kerzen brannten. In einem Jahr gab es das Schaukelpferd, das auf dem Dachboden steht und später einmal dir gehören wird, ein anderes Mal ein Buch, mal die lang ersehnte Barbie. Wir haben gesungen, und später musste ich Flöte oder Klarinette vorspielen. Jedes Jahr kam Nina, die noch Studentin war, am Heiligabend auf den allerletzten Drücker mit dem Zug angefahren.

Bevor du auf die Welt gekommen bist, haben Rosa und ich die letzten Weihnachtsfeste nur zu zweit verbracht. Heinz und Barbara waren ja schon tot, und Nina feierte mit ihrer Familie in Frankfurt. Das war immer auch ein bisschen traurig. Aber dieses Jahr wird es wieder anders.

Als ich an dem Tag nach dem ersten Telefonat mit Hagai auf Adas Sofa sitze, erzählt sie mir auch ein paar solcher Familiengeschichten. Hagai hatte ihr bei ihrem Anruf gebeichtet, dass ich seine Tochter bin, aber eigentlich wusste Ada das schon. Dass Hagai ein Kind hat, war auch in dieser

Familie eines jener Geheimnisse, die zwar jeder kennt, aber über die nie gesprochen wird. Schon seltsam: So, wie meine Mutter nie über Hagai gesprochen hat, so hat Hagai nie über meine Mutter gesprochen – und nie über mich.

Es ist, als wolle mich Ada auf das Treffen mit Hagai vorbereiten, sanft vorwarnen, dass es auch eine Enttäuschung werden könne. Sie beschreibt ihn als introvertierten, aber warmherzigen Menschen, der nie eine eigene Familie wollte. Und sie deutet an, dass ich nach so langer Zeit nicht erwarten könne, einen Vater zu finden. Ada ist selbst alleinerziehende Mutter einer Tochter. Mit dem Vater ihres Kindes gibt es keinen Kontakt.

Ada ist sehr nett zu mir. Sie zeigt mir Fotos: meine Großeltern und ihre fünf Kinder, zwei Jungen und drei Mädchen. Hagai ist der Jüngste. Fotos wie aus einem Bilderbuch vom Gründungsmythos Israels. Die zionistischen Pioniere, beschäftigt mit dem Aufbau der Heimstatt der Juden. Mein Großvater Abschalom, ein gut aussehender Mann mit dunklen Locken und dunklen Augen. Ein stolzes, markantes Gesicht. Sicherlich ein Frauentyp. Meine dagegen eher bieder wirkende Großmutter Judith. Ein weiches, rundes Gesicht. Helle Augen, halbmondförmig, an den Seiten sanft nach unten hängend, in denen ich meine wiedererkenne. Die hübschen Kinder. Ora, die Älteste, und Ada, die Zweitjüngste, sehen dem Vater ähnlich. Hagai, sein Bruder Amnon und die Schwester Tamar kommen eher nach der Mutter. Fremde Menschen, die meine Familie sind. Judith und Abschalom, die mir so nahestehen könnten wie Rosa und Heinz, aber die ich nicht mehr kennenlernen kann. All diese Onkel, Tanten, dazu deren Kinder, meine Cousinen und Cousins. Ist das die Großfamilie, die ich mir als Kind manchmal heimlich gewünscht habe?

Später spazieren Ada und ich durch den Kibbuz. Sie zeigt mir, wo früher die Gemeinschaftsräume des Kibbuz waren, zum Beispiel der gemeinsame Speisesaal oder das Kulturzentrum. Und dann führt mich Ada zu der Stelle, wo früher die Baracken der Volunteers standen, zum sogenannten Ghetto. Heute gibt es keine Freiwilligen mehr, im Kibbuz verdient nun jeder sein eigenes Geld, die Baracken sind abgerissen. Nur eine steht noch. Als wir davorstehen, kommt ein Mann heraus. Ada begrüßt ihn und erklärt mir, dass er ein Künstler ist, der aus dem Treibgut, das der See an Land spült, Skulpturen macht.

Ich fühle eine merkwürdige Distanz zu dem Ort, an dem Barbara so glücklich war und der ein so wichtiger Ort für meine Geschichte ist. Ein Wohlfühlort ist er schon, sonnenbeschienen und blumenbewachsen, aber die Zeit, das Lebensgefühl, sind einfach zu weit weg von mir.

Ich bin auf einmal deprimiert, dass Barbara und ich nicht gemeinsam hier stehen können. Dabei weiß ich ja, dass sie das gar nicht gewollt und gekonnt hätte, dass ich diese Reise vielleicht nur deshalb mache, machen kann, weil Barbara gestorben ist.

Zwei Tage später bringt mich Ada zum Busbahnhof in Tiberias. Sie nimmt nicht den direkten Weg, sondern fährt mich einmal um den ganzen See. So habe ich die Umrundung doch noch geschafft. Wir halten an der Stelle, wo Johannes Jesus im Jordan getauft haben soll, und gucken ein paar Menschen zu, die gerade in weißen Gewändern ins Wasser steigen. Wir machen ein Erinnerungsfoto, und dann stehen Ada und ich auch schon am Busbahnhof und verabschieden uns, und ich frage mich, ob ich meine Tante wiedersehen werde. Die Tür des grünen Überlandbusses geht auf und hinter mir wieder zu. Und dann geht es los Richtung Jerusalem.

Jetzt weißt du, wer der erste Mensch aus meiner israelischen Familie war, den ich kennengelernt habe. Dass Ada nur ein paar Jahre nach unserem ersten Treffen gestorben ist, hat mich traurig gemacht. Ich wünschte, du hättest sie kennengelernt. Sie ist mir mit einer großen Offenheit begegnet. Nach unserer Begegnung hatte ich das Gefühl, dass alles schon irgendwie gut werden würde auf dieser Reise. Das werde ich ihr nie vergessen.

Dezember 2014

*Mein lieber Viktor,*

Weihnachten ist vorbei. Seit wir wieder in Stuttgart sind, schleppen sich die Tage so dahin. Erst hat es geschneit, aber dann ist viel zu schnell alles wieder weggetaut, und seither regnet es unaufhörlich. Langweilertage. Und du bist außerdem total erkältet. Früher habe ich solche Langweilertage gern mit Zeitungen und Büchern auf der Couch verbracht. Jetzt muss ich dich irgendwie bei Laune halten.

Hagai hat mit mir als Kind nie solche Langweilertage verbracht – und auch keine Spaßtage. Er hat meine ersten Schritte nicht gesehen, mir nicht den Rotz abgewischt, keine Sorgen gehabt, wenn ich krank war. Er war nie von verkorksten Nächten erschöpft, aber hat auch nicht das stolze Glücksgefühl gespürt, als ich zum ersten Mal beim Spielen einen Ring auf den dafür vorgesehenen Stab gesteckt habe. Ich bin ihm nie auf wackeligen Beinen lachend entgegengewankt, und er hat mich nie ganz fest umarmt, so fest, dass es ein bisschen wehtut. Er und ich, wir werden diese Jahre, in denen die Bindung und das Urvertrauen zwischen Kindern und Eltern entstehen, nie nachholen können – auch wenn wir uns noch so viele Fotos ansehen und wenn wir uns noch so viel erzählen.

Aber erst einmal sind wir noch gar nicht so weit, erst einmal sitze ich ja noch im Bus Richtung Jerusalem. Ich habe keine Ahnung mehr, was mir dort im Kopf herumgegangen ist, aber Dinge, wie ich sie dir eben erzählt habe, sicherlich nicht.

Ich bin wohl eher in einer gespannten Aufgeregtheit. Ich habe das Gefühl, dass die Tage im Kibbuz gut waren. In meinem Rucksack liegt ein Tütchen mit Erde und Blüten, die ich auf Barbaras Grab streuen will. Im Kibbuz habe ich ein Foto von meiner Mutter und mir im See treiben lassen. Du siehst, ich war ein bisschen pathetisch – vielleicht habe ich das Drama auch inszeniert, um von den eigentlichen

Fragen in meinem Kopf abzulenken: Was erwartest du dir eigentlich von einem Treffen mit deinem Vater?

Was sagt man, wenn man mit 29 Jahren zum ersten Mal seinem Vater gegenübersteht, zumal auf Englisch? Ich habe immer nur bis zu diesem Punkt gedacht. Bis hierher war es leicht, ein Spiel. Ich bin Barbaras Weg nachgegangen, war eine Art Touristin ihres Lebens.

Als ich in Jerusalem am Busbahnhof ankomme, ist es schon dunkel. Ich wohne in einem kleinen Hotel, das „The little house in the German Colony" heißt. Die German Colony ist ein Stadtteil von Jerusalem, der einst von deutschen Mitgliedern des Templerordens gegründet wurde. Das Hotel ist klein, aber gemütlich. Wieder habe ich das Gefühl, schief angeguckt zu werden, weil ich ganz allein reise. Aber wahrscheinlich ist es nur meine eigene Unsicherheit, die sich in den Augen des Rezeptionisten spiegelt.

Ich habe drei Tage, bevor Hagai von seiner Kurzreise zurück sein wird und wir uns treffen wollen. Drei Tage, in denen ich vor allem die Altstadt von Jerusalem durchwandere. Ich will dir jetzt keinen touristischen Reisebericht schreiben – ich hoffe, wir können die Altstadt von Jerusalem gemeinsam besuchen, wenn du größer bist – aber einen kleinen Eindruck von meinem ersten Besuch muss ich dir doch geben:

Jerusalem ist ein sehr besonderer Ort, ein Ort, an dem die Luft schwanger ist von Sehnsüchten, Heilsvorstellungen, Hoffnungen. Aber auch schwer von Spannungen, Aggressionen und Hass. Von Unrecht und Unvermögen. Die ganze Spannung des Nahostkonflikts konzentriert sich an diesem Ort.

In Jerusalem versteht man plötzlich – aber dann auch wieder nicht –, worum es im palästinensisch-israelischen Konflikt geht, warum Religion und Politik darin eine so ungute Allianz eingehen. Ich sehe in diesen ersten Tagen die Grabeskirche, um die sich 14 verschiedene christliche Gruppen streiten. Ich sehe gläubige Juden, die an der Klagemauer beten, die ein Teil des zerstörten Tempels gewesen sein soll. Und ich sehe, wie sich direkt darüber, auf dem Tempelberg, die goldene Kuppel des Felsendoms erhebt, der an jener Stelle steht, von der aus der muslimische Prophet Mohammed auf seinem Pferd in den Himmel geritten sein soll.

Interessant sind diese ersten Tage. Immer wieder zieht es mich aus meinem Hotel nach draußen. Ich wandere durch die German Colony mit ihren schönen steinernen Häusern mit den grünen Läden, den üppigen Balkonbepflanzungen und alten Bäumen davor. Durch die Gassen des jüdischen Viertels, wo ich zum ersten Mal orthodoxen Juden mit Schläfenlocken begegne und mich frage, wie sie es in der Hitze aushalten mit ihren weißen Hemden und schwarzen Anzügen und Hüten. Ich gehe durch den Basar, lasse mich von den Händlern bequatschen, schlendere durch die Jaffa Road mit ihren Läden und dem großen Markt, in den Park mit der Windmühle, um ein bisschen Schatten zu finden. Die ganze Zeit über bin ich allein, nur einmal lerne ich eine chinesische Touristin kennen und spaziere mit ihr auf der Stadtmauer entlang. Danach sitzen wir auf einem kleinen Platz im jüdischen Viertel und essen Kirschen und arabische Süßigkeiten dazu.

Abends ist mir oft ganz schwindelig. Sei's von der Sonne, die der gelb-weiße Jerusalem-Stein reflektiert, das typische Baumaterial in der Stadt. Sei's von dem Zuviel an neuen Bildern und Informationen. Ich liege dann lieber auf meinem Hotelbett, als in die Straße mit den netten Cafés und Restaurants und Läden gleich um die Ecke zu gehen.

Barbara hat nur einen kurzen Eintrag zu Jerusalem in ihr Tagebuch geschrieben: „Drei Religionen, Via Dolorosa, Patres singend, Touristen, fromme Juden mit Locken, Mohammedaner, Bettler, Blinde, Gelähmte, Esel. Ein Bild wie vor 2000 Jahren." Ohne das Tagebuch als Reiseführer fühle ich mich auf einmal allein zurückgelassen. Ich wünsche mir ganz dringend meine Mutter hierher. Die Stadt macht mir auch Angst.

Und dann kommt endlich der Tag, an dem ich Hagai treffen soll. Wir telefonieren kurz und vereinbaren, dass er mich am späten Nachmittag abholen wird. Als ich aus dem Hotel trete, lehnt er an einem Baum auf der gegenüberliegenden Straßenseite. Ich erkenne ihn sofort. Die Augen, zwei blaue Halbmonde, die an den Seiten sanft nach unten fallen. Er hat einen grau-weißen Bart, und die Haare, die noch übrig sind, sind ebenfalls grau-weiß. Aber sein Gesicht ist jung, die Augen lächeln, der Mund auch, dabei zieht er einen Mundwinkel höher als den anderen – ganz genauso wie ich, wenn ich etwas unsicher bin. Wir umarmen uns kurz, dann sagt er, dass er gern mit mir in ein Café in der Nähe der Jaffa Road gehen wolle. Dort könne ich ihn dann alles fragen. Und auf der Autofahrt dorthin erzähle ich, was ich in Israel bisher gesehen habe – und frage mich immer noch, was ich ihn überhaupt fragen soll.

Januar 2015

*Mein lieber Viktor,*

gestern und heute hast du ganz schrecklich geweint, als ich dich morgens in die Kita gebracht habe. Jetzt sitze ich hier, freue mich über die Zeit für mich und habe gleichzeitig ein schlechtes Gewissen – obwohl ich weiß, dass es dir dort gefällt und du nach ein paar Sekunden schon wieder zu weinen aufhörst und mit den anderen Kindern spielst. Schon seltsam, diese Mutter-Kind-Bindung, die dazu führt, dass ich mich manchmal ganz dringend nach dem Alleinsein sehne und dich dann, wenn ich endlich mal allein bin, ganz schnell schrecklich vermisse.

Tatsächlich wirft mein eigenes Muttersein ganz neue Fragen an meine Eltern auf. Zum Beispiel, warum sie sich nicht mehr bemüht haben um des Kindes willen, um meinetwillen. Warum sie nicht in der Lage waren, die eigenen Befindlichkeiten hintanzustellen, die Verletzungen, die Scham und die Bequemlichkeit, und einen – wie auch immer gearteten – Kontakt aufzubauen.

Dabei weiß ich gleichzeitig, dass eben genau das nicht immer geht, dass man trotz allem Elternsein ja auch noch ein Mensch bleibt, mit allen Schwächen, Fehlern und allen Egoismen. Aber auch mit all seinen Bedürfnissen. Sicherlich kann und sollte man das Wohl des Kindes nicht immer über das eigene stellen. Und vielleicht war es sogar besser für alle Beteiligten, dass gar kein Kontakt bestand, weil er ganz sicher schwierig und unbefriedigend für meine Mutter und für meinen Vater gewesen wäre – und in der Folge auch für mich.

Und natürlich kann man auch nicht vermissen, was man nie kennengelernt hat: Genauso, wie ich mir lange nicht zugestanden habe, einen Vater zu vermissen, hatte auch Hagai nicht das Gefühl, dass da etwas fehle in seinem Leben. Er hat den Gedanken an mich immer weiter weggeschoben, und so ist er immer unwirklicher geworden.

So ähnlich zumindest versucht es mir Hagai bei unserem ersten Treffen in diesem Restaurant zu erklären. Wir sitzen im Freien, im Hintergrund haben die Betreiber des Restaurants eine kleine Leinwand aufgebaut, auf der die Fußball-Europameisterschaft läuft, aber es sind nicht viele Leute da, die sich für das Spiel interessieren. „Ihr Deutschen seid sehr gut im Fußball, wir Israelis spielen da keine Rolle“, sagt Hagai. Es ist ein Satz, der ganz sicher das dicke Eis aus Befangenheit brechen soll, das über unserem Treffen liegt. Und wahrscheinlich wäre er mir nicht im Gedächtnis geblieben, wenn er nicht dieses „Ihr“ und „Wir“ in sich trüge, das für „Du“ und „Ich“ steht und für so vieles, was Hagai und mich trennt, und so vieles, was er und ich eben nicht gemeinsam haben. Zu diesem Zeitpunkt gibt es noch kein „Wir".

Und so wird dieser erste Abend auch zu einem behutsamen Aneinanderherantasten, an das, was das „Ich" und das „Du" ausmacht. Wir erzählen uns viel voneinander, vor allem aus unserer Gegenwart. Hagai erzählt von seiner Arbeit als Historiker. Er forscht über Golda Meir, Israels einzige weibliche Ministerpräsidentin, die an dem Tag gestorben ist, an dem ich geboren wurde.

Ich erzähle von meiner Arbeit für die Zeitung, dass ich gerade zwischen zwei Jobs bin, von meinen Freunden, von der Universität, von Barbara ... ich weiß nicht mehr genau, wie viel wir bei diesem ersten Treffen über Barbara gesprochen haben – oder vielmehr über Barbara und Hagai.

Ich weiß noch, dass Hagai mir an diesem Abend versucht hat zu erklären, warum er sich so verhalten hat. Er habe damals, mit gerade 25 Jahren, einfach frei sein wollen, er wollte reisen, die Welt außerhalb des Kibbuz entdecken. Außerdem hatte er kein eigenes Geld, die Kibbuzgemeinschaft hätte für Barbara und mich aufkommen müssen. Der spätere Briefkontakt zu Barbara sei schwierig gewesen, weil er das Gefühl gehabt habe, dass sie sich mehr erhoffte, mehr erwartete von ihm als nur diesen regelmäßigen Kontakt. Später habe er durch Umzüge die Briefe verloren, keine Adresse mehr von Barbara gehabt, ihren Nachnamen vergessen.

Ich kann manches von diesen Erklärungen verstehen, manches nicht. Und ich bin ebenso verletzt wie beeindruckt von seiner Ehrlichkeit, als er sagt, dass er wahrscheinlich nie versucht hätte, mich zu finden.

Als ich irgendwann wieder im Hotel bin, weiß ich nicht so richtig, was ich mit diesem Treffen anfangen soll. Die Erklärung, warum ich ohne Vater aufgewachsen bin, ist ebenso banal wie brutal. Mein Vater hatte sich nicht in meine Mutter verliebt. Vielleicht haben die äußeren Umstände, die Angst vor dem Urteil des Kollektivs, der Wunsch, aus dem Kibbuz auszubrechen, eine Rolle gespielt, die im Rückblick gar nicht mehr genau benannt werden kann. Aber im Kern ging es doch darum, dass die Gefühle einfach nicht stark genug waren, um aus Hagai, Barbara und mir eine Familie zu machen. So einfach ist das – und so schwierig.

Dennoch habe ich ganz tief in mir nach diesem ersten Treffen auch ein gutes Gefühl. Der Mensch, der mein Vater ist, ist nett. Er ist ein intelligenter, gebildeter, freundlicher Mann. Es erleichtert mich sehr, dass er mir sympathisch ist.

Januar 2015

*Mein lieber Viktor,*

mit Rosas Auszug aus dem Haus wird es ernst. Wir haben eine Wohnung gefunden, die ihr gefällt und die wir kaufen wollen. Deshalb telefoniere ich gerade täglich mit Bankmitarbeitern, dem Steuerberater, dem Bauunternehmer und fühle mich dabei leicht überfordert. Ein Wohnungskauf ist etwas für Erwachsene, aber wahrscheinlich sollte ich mit 36 Jahren wohl endlich mal anfangen, erwachsen zu sein. Wie gern hätte ich jetzt meine Mutter an meiner Seite, um sie um Rat zu fragen.

Es gibt für mich eine Zeitrechnung vor und nach Barbaras Tod. Die Jahre davor wirken im Rückblick – sicherlich etwas verklärt – hell und unbeschwert und chancenreich. Die ersten Jahre danach sind grau, anstrengend und bisweilen einsam. Und das Jahr, in dem Barbara krank war und starb, ist ein schwarzer Abgrund, in dem meine Kindheit verschwunden ist. Ich traue mich immer noch nicht richtig hineinzublicken. Manchmal sehe ich mich sehr langsam eine lange Strickleiter hinaufkraxeln. Dann kommen dein Vater und du und ziehen mich an den Haaren etwas unsanft an die Oberfläche.

Durch dich hat die Trauer um meine Mutter nicht abgenommen, aber sie hat sich verändert, sie ist versöhnlicher geworden. Ich bin jetzt eben nicht mehr der übrig gebliebene Rest der Kleinstfamilie, in der ich aufgewachsen bin. Ich bin jetzt Teil meiner eigenen Familie. Für die

Generation, die gegangen ist, ist eine neue gekommen. Vielleicht fühle ich mich jetzt einfach wieder vollständig.

Und dazu hat vielleicht auch beigetragen, dass ich meinen Vater kennengelernt habe.

Als Hagai und ich uns an diesem ersten Abend verabschieden, vereinbaren wir ein Treffen für den kommenden Tag. Hagais Frau Bitya will mich unbedingt kennenlernen.

Bitya ist so ziemlich das Gegenteil von ihm. Als sie mich zum ersten Mal sieht, fängt sie zu weinen an. Wir haben vereinbart, dass wir einen kleinen Ausflug in die Umgebung von Jerusalem machen. Auf der Fahrt stellt mir Bitya alle möglichen Fragen: über mich, Barbara, meine Familie. Hagai sagt währenddessen nichts, er hört einfach zu. Vielleicht ist er froh, dass seine Frau das Fragen übernimmt. So wird das später noch öfter sein.

Wir fahren zu einem Kloster, das von katholischen Nonnen geführt wird. Eine pittoresk-karge Anlage inmitten der Jerusalemer Hügel, deren Grün von der Hochsommersonne ausgedörrt ist. Ein Funke, und alles könnte in Flammen aufgehen.

Wir machen Fotos: Hagai und ich, Bitya, Hagai und ich, ich alleine. Ich fotografiere auf dieser Reise mit einer kleinen Analogkamera, für die ich in der Jerusalemer Altstadt an einem Kiosk Filme gekauft habe, die, wie ich erst danach merke, bereits mehrere Jahre abgelaufen sind. Deshalb sind die Fotos meiner ersten Israelreise alle etwas körnig, wie mit einem Schleier überzogen, und sehen aus, als stammten sie aus einem Familienalbum aus den 80er Jahren.

Hagai und ich stehen auf diesen ersten Bildern gerade nebeneinander. Er hält mich im Arm, und man sieht sofort, dass wir verwandt sein müssen. Diese Ähnlichkeit. Hagai lächelt auf den Bildern, Bitya auch, nur ich gucke manchmal etwas verkniffen, was aber sicher auch daran liegt, dass ich die grelle Sonne nicht gewöhnt bin. Ich trage einen leuchtend blauen Wickelrock mit großen Blüten drauf, den ich im Kibbuzshop gekauft habe und den ich später nie mehr angezogen habe, weil er nur in diesen Sommer gepasst hat. Hagai trägt ein schwarzes T-Shirt, kurze Hosen, einen Sonnenhut und Sandalen – israelische Lässigkeit. Auf den Fotos sehen wir nicht aus wie zwei, die sich eben erst getroffen haben, aber auch nicht wie Tochter und Vater. Vielleicht wie zwei, die sich sympathisch sind, aber sich noch ein bisschen beobachten müssen, die noch nicht genau wissen, ob sie sich wieder treffen werden oder ob das die einzigen Erinnerungsfotos bleiben werden.

Während ich das schreibe, sehe ich mir noch zwei andere Fotos an. Das Foto, das Hagai in den 90er Jahren an Barbara geschickt hat und von dem ich dir schon erzählt habe. Er sieht darauf sehr ernst aus, wie jemand, der nicht mit sich im Reinen ist. Und dann betrachte ich ein Foto, das mir Ada geschenkt hat. Hagai liegt auf der Seite im Gras, den Kopf in die rechte Hand gestützt. Seine Haare sind schon grau und weniger geworden, das Gesicht dafür fülliger. Er lächelt das Hagai-Lächeln und sieht zufrieden aus, bei sich. Irgendwas ist passiert in den Jahren dazwischen, und ich glaube, es war Bitya.

Februar 2015

*Mein lieber Viktor,*

vergangene Woche habe ich wieder zu arbeiten angefangen. Es macht Spaß und tut mir gut. In Israel ist es seit der Staatsgründung ganz normal, dass Mütter schnell wieder arbeiten gehen, es gibt dort kein komfortables Elterngeld und auch keine dreijährige Elternzeit.

In den Kibbuzin war es früher sogar so, dass die Kinder nicht bei den Eltern aufwuchsen, sondern gemeinsam mit den anderen Kindern ihres Jahrgangs in Kinderhäusern, die auf dem Kibbuzgelände standen, aber in denen sich nicht die Mütter, sondern Kinderfrauen um sie kümmerten, damit die Eltern arbeiten konnten. Außerdem sollte der Nachwuchs von Anfang an auf das Leben im Kollektiv vorbereitet werden. Gesehen hat sich die Familie trotzdem regelmäßig. Jeden Nachmittag, nach Arbeitsschluss, durften die Kinder ihre Eltern besuchen. Zum Schlafen ging es dann wieder ins Kinderhaus. Auch am Schabbat, dem jüdischen Sonntag, war die Familie zusammen.

Dein Großvater Hagai sagt, dass er seine Kindheit als sehr schön empfunden hat. Frei und aufregend, immer zusammen mit anderen Kindern, immer in der Natur. Ich stelle mir Buben und Mädchen vor, alle in denselben einfachen kurzen Hosen und Hemden, wie sie durchs Schilf streifen oder stundenlang am See liegen, immer wieder ins Wasser hüpfen. Hagai und die anderen Kinder seiner Gruppe waren eine starke Gemeinschaft, bis heute treffen sie sich jedes Jahr für ein Wochenende. Sie waren sich gegenseitig Familie, so beschreibt das Hagai.

Allerdings sagt er auch, dass es nicht für alle Kinder die richtige Form war, so aufzuwachsen. Seine Schwester Ada zum Beispiel fand es schrecklich, nicht bei ihren Eltern sein zu können. Nachts hat sie sich oft aus dem Kinderhaus geschlichen und ist zum Haus der Eltern gelaufen. Aber die haben sie immer wieder zurückgebracht. Deshalb hat sich Ada irgendwann einfach auf die Veranda oder vor die Haustür gelegt, ohne dass die Eltern es gemerkt haben. So war sie ihnen wenigstens nachts nah.

Der Kibbuz war eine Idee, ein Experiment, wie Zusammenleben anders funktionieren kann. Und das hat eine ganze Weile und für viele gut funktioniert.

Wer weiß, wie die Generationen nach uns auf unsere Zeit zurückblicken werden, in der in Deutschland neue Mutterbilder geprägt wurden und in der es für Frauen langsam, aber doch ständig selbstverständlicher wurde, beides zu wollen: Erfüllung im Muttersein zu finden und trotzdem noch eine eigenständige Person zu sein.

Aber zurück zu diesen kurzen drei Tagen bis zu meinem Rückflug, in denen Hagai und ich uns kennenlernen.

Ich will dir noch ein bisschen erzählen, wie dieses erste Kennenlernen war: warmherzig und viel weniger verkrampft, als man sich das vielleicht so vorstellt. Mein Vater und ich haben uns gleich etwas zu sagen. Und Bitya ist so ein offener Mensch, dass es ohnehin kein Problem ist, mit ihr ins Gespräch zu kommen. Bis heute finde ich es bewundernswert, dass sie mich mit offenen Armen empfangen hat – und mir niemals das Gefühl gegeben hat, mich als Konkurrenz oder als Störung in ihrem Familienleben mit Hagai zu empfinden.

Hagai erzählt mir viel über sein Land, über dessen Geschichte, Alltag und Probleme. Manchmal denke ich, dass wir in diesen ersten Tagen wohl zu viel über Allgemeines und zu wenig über uns beide und über Hagai und Barbara geredet haben. Aber es ist ja auch einfacher, in der kollektiven Vergangenheit zu wühlen als in der eigenen.

Aber einmal machen wir zu zweit einen kleinen Spaziergang in der Nähe von Hagais und Bityas Wohnung, die in einem ruhigen Wohnviertel liegt. Auf einer Bank sitzend, fragt mich Hagai, ob Barbara ein glückliches Leben hatte – etwas, dass ich mich nach ihrem Tod auch manchmal gefragt habe. Ich glaube nicht, dass meine Mutter im landläufigen Sinn glücklich war – dafür waren zu viele Selbstzweifel, zu viel Wut, Enttäuschung und Unzufriedenheit in ihr drin. Aber ich glaube, dass sie viele glückliche Momente in ihrem Leben hatte, weil sie so begeisterungsfähig war.

Hagai wird in den darauffolgenden Jahren immer wieder und meist unerwartet solche großen Fragen an mich stellen wie die nach Barbaras Glück. Zum Beispiel, was ich mir im Leben erwarte, was meine Träume sind, meine Ideale. Fragen, die mir zuvor kaum jemand so direkt gestellt hat und auf die ich oft gar keine richtige Antwort habe.

Schon bei unserem ersten Kennenlernen merke ich, dass ich ihm in vielem gar nicht so unähnlich bin. Was

Interessen anbelangt wie Zeitgeschichte und Soziales, Einstellungen wie das Linksliberale, aber vor allem auch Charakterzüge. Die Schüchternheit, das erst einmal Distanzierte habe ich von ihm, die Angewohnheit, sich Gefühle nicht anmerken zu lassen, immer freundliche Miene zu machen und Konflikten lieber aus dem Weg zu gehen. Es ist gut und erleichternd zu wissen, wo manches herkommt, wo man selbst herkommt.

Aber es werden in diesen ersten Tagen auch Brüche deutlich, die nicht so leicht zu überwinden sein werden. Als Bitya und ich uns das erste Mal gegenüberstehen, sagt sie einen Satz, an den ich bis heute oft denken muss. „Ich habe immer zu Hagai gesagt, dass du eines Tages vor unserer Tür stehen wirst." Dieser Satz, der eigentlich herzlich gemeint ist, weil er ja mit einschließt, dass man sich auf dieses Auftauchen auch ein bisschen freut, wird für mich zu einem Problem. Weil ich nicht verstehe, wie man sich bei einer so wichtigen Sache in eine so passiv-wartende Position begeben kann. Weil es mich kränkt, dass sich keiner aufgemacht hat, um an meine Tür zu klopfen. Das sage ich in diesen ersten Tagen allerdings noch nicht, der Satz muss erst noch ein bisschen in mir arbeiten.

An einem Mittwoch, drei Tage nach unserem ersten Treffen, bringt mich Hagai in aller Frühe zum Flughafen Tel Aviv. Wir trinken noch einen Kaffee. Dann umarmen wir uns ganz lange. Ich weiß nicht, wie es Hagai geht, aber ich bin mir eigentlich ziemlich sicher, dass wir uns wiedersehen werden.

Februar 2015

*Mein lieber Viktor,*

wie ist es also nun weitergegangen mit Hagai und mir? In der ersten Zeit telefonieren wir viel, irgendwann steigen wir auf Skype um. Wir versuchen, uns über die Distanz kennenzulernen. Wir erzählen uns Geschichten: er von seinem Aufwachsen im bäuerlichen, sozialistischen Kibbuz, von seinen Eltern, die er kaum sah. Und vom Jom-Kippur-Krieg, den er als Soldat in der Wüste erlebt hat. Ich erzähle von Familienurlauben in Italien, vom Kastaniensammeln im Herbst, Lagerbauen im Wald, von dem ersten Freund, der Abiturfeier, meiner Studenten-WG.

„Weißt du noch?" Wie sehr habe ich früher die sich ewig wiederholenden Familienanekdoten gehasst. Mit Hagai wäre ich gerne in dieser Endlosschleife geborgen. Ich habe nie erwartet, in Israel ein Stück Identität zu finden. Aber die Begegnung mit Hagai stellt alles, was ich bis dahin war, auf den Prüfstand, weil da plötzlich ein anderes mögliches Ich ist, das Ich, das ich geworden wäre, wenn ich mit Hagai aufgewachsen wäre.

Ich erkenne durch das Kennenlernen meines Vaters, dass vieles von dem, was man denkt und glaubt, Erziehung ist – vielleicht auch das Aufbegehren dagegen –, geprägt von Umfeld und Gewohnheit. Ich lerne durch Hagai, mich sehr deutsch zu fühlen. Wenn ich mit ihm zusammen bin, sage ich auf einmal Sätze wie: „Wir lernen ganz viel in der Schule über das Dritte Reich und den Holocaust!"

Ich will, dass mein Vater die Deutschen mag. Gleichzeitig will ich schon gerne ein bisschen israelisch sein. Seit ich Hagai kenne, spüre ich eine neue Legitimation, über den Nahostkonflikt zu diskutieren. Ich kaufe Kleidung von israelischen Labels, gehe zur Lesung von David Grossman und gucke israelische Filme. Allerdings ist es bis heute ein bisschen wie Verkleiden spielen.

In Filmen und Fernsehshows endet die Suche nach einem verlorenen Vater meist damit, dass sich die Protagonisten in die Arme fallen und vor Freude weinen. Happy End. Aber in Wirklichkeit läuft das so nicht. In Wirklichkeit fängt das Suchen danach erst richtig an. Weil man dann erst merkt, was in den Jahren davor gefehlt hat.

Meine große Krise stellt sich ungefähr ein Jahr nach unserem Kennenlernen ein. Bitya und er kommen nach Deutschland. Erst sind wir ein paar Tage zusammen in Berlin, das seit ein paar Jahren wieder ein beliebtes Reiseziel für Israelis ist. Viele junge Israelis ziehen sogar nach Berlin, weil die Lebenshaltungskosten niedrig sind und Berlin so eine offene, kreative Stadt ist.

Für Bitya und Hagai ist es die erste Reise nach Deutschland. Bitya hatte im Vorfeld Bedenken, wie sie sich im Land der Nationalsozialisten fühlen wird, ob sie sich bei jedem alten Menschen fragen wird, was er wohl getan hat. Aber als sie dann da ist, fühlt sie sich doch wohl.

„Wenn es dich nicht gäbe, wäre ich sicher nie nach Deutschland gereist“, sagt sie mir.

Die Berliner Tage sind wirklich schön. Wir besichtigen viel. Einmal machen wir zusammen mit lauter Israelis eine Führung auf Hebräisch durch das ehemalige jüdische Berlin. Zur Synagoge, zum Friedhof, zu Wohnhäusern und den Hackeschen Höfen. Und natürlich sehen wir auch das Jüdische Museum, das Holocaust-Mahnmal, den ehemaligen Umschlagplatz, das Gleis 17, von wo aus die Juden in die Konzentrationslager deportiert wurden. Es ist interessant zu erleben, was sich Israelis in Berlin ansehen – und wie. Die Stadtführerin erklärt zum Beispiel, dass die Deutschen an den Gedenkstätten oft von „den Nationalsozialisten" schreiben, die die Verbrechen begangen haben. Sie schreiben nicht von „den Deutschen". Für die junge Frau machen sie damit einen Unterschied zwischen den Deutschen und den Nazis.

Nach ein paar Tagen fliegen wir nach Bayern. Bitya und Hagai wollen die Stadt sehen, aus der ich komme, und Rosa kennenlernen. Ich glaube, Hagai hat ein bisschen Angst vor dem ersten Treffen mit deiner Urgroßmutter. Und auf der anderen Seite hat sich auch Rosa vorher Gedanken gemacht. Ihr Haus ist ja voller Fotos von Barbara. Aber wir sind uns sofort einig geworden, dass alles so bleiben soll, wie es ist.

Das erste Aufeinandertreffen ist sehr herzlich. Rosa empfängt die beiden voller Wärme, es gibt ein paar Tränen zur Begrüßung.

Findest du das seltsam? Den Mann, der ihre Tochter so enttäuscht hatte, herzlich zu empfangen? Ich weiß gar nicht, ob Rosa klar ist, was für eine große Rolle der Bruch mit Hagai in Barbaras Leben gespielt hat. Die beiden haben niemals darüber gesprochen. Und Rosa war im Grunde froh, dass ihre Tochter und Enkelin bei ihr und Heinz waren und nicht irgendwo weit weg, in einem Kibbuz. Insofern glaube ich, dass Rosa all die Jahre überhaupt kein Problem mit Hagai hatte, er war in ihrer Gedankenwelt überhaupt nicht existent.

Das Problem mit Hagai bekomme dann ich. Bis dahin hatte ich gedacht, ich könne meinen Vater ganz einfach in mein Leben einsortieren. Ein weiteres spannendes Mitglied in meinem großen Freundeskreis. Aber dann überfordert mich die Situation in meiner Heimatstadt. Ich finde es auf einmal überhaupt nicht richtig, dass Hagai hier ist. Er ist wie ein Fremdkörper, etwas, das nicht an den Ort meiner Kindheit gehört.

Ich habe ein schlechtes Gewissen Barbara gegenüber. Sie hätte das sicher nicht gut gefunden, dass Hagai mit seiner Frau auf dem Sofa ihrer Mutter sitzt, an ihrem Grab steht. Wäre sie nicht gestorben, ich hätte ihn vielleicht nie gesucht. War sie gestorben, damit ich ihn finden konnte? Solche Fragen stelle ich mir auf einmal.

Und dann ist er plötzlich da, der Gefühlsausbruch, es fließen die Tränen, die vorher nie kommen wollten, bei einem gemeinsamen Abendessen mit meinen engsten Freunden. Hagai hält eine kleine Rede. Er sagt, dass er als Historiker um die Bedeutung der Vergangenheit wisse, aber dass er nun gemeinsam mit mir nach vorne blicken will.

Nur habe ich plötzlich überhaupt keine Lust mehr, nach vorne zu blicken. Ich kann auf einmal nur noch zurücksehen auf die Leerstellen. Auf die, die mein Vater gerissen hat, aber auch auf die, die Barbaras Tod gerissen hat, und die mir beide plötzlich so riesig und unverschließbar erscheinen. Ich glaube, dass an diesem Abend ziemlich viele Dinge an die Oberfläche gespült werden. Am Ende weine ich und danach bin ich zum ersten Mal stinksauer auf Hagai. Das tut gut.

Wir überwinden diesen Abend. Wir sprechen nicht allzu viel darüber, aber vielleicht kann man über manches auch einfach nicht sprechen. Vielleicht muss man manches so stehen lassen, wie es eben ist. Ich merke, dass ich aufpassen muss, nicht Barbaras Rolle einzunehmen, damit ich nicht ihren Konflikt mit Hagai ausfechte, sondern meine eigene Geschichte mit ihm schreibe. Natürlich kommt auch heute noch manchmal das gekränkte Kind in mir hoch. Und immer mal wieder frage ich mich, wie ein so intelligenter, sensibler Mensch so unsensibel mit meiner Mutter umgehen konnte. Es gibt Fragen, die werden für immer offen bleiben, weil es darauf keine rationale Erklärung gibt.

Ich bin mir sicher, zwischen dir und mir werden im Laufe der Zeit auch Dinge passieren, die man nicht erklären kann, die es nur zwischen Eltern und Kindern gibt. Verletzungen, nie ausgesprochene Konflikte, unerfüllte Erwartungen, Enttäuschungen. Auf der anderen Seite aber auch die ganz große, unvergleichliche Verbundenheit.

Ich fühle mich Hagai heute sehr verbunden. Ich hab ihn lieb gewonnen. Die positiven Gefühle überwiegen.

Nach und nach habe ich auch meine anderen Verwandten kennengelernt, seine noch lebenden Geschwister und meine 23 israelischen Cousinen und Cousins.

Am häufigsten habe ich Hagais ältesten Bruder Amnon getroffen. Ein großer Schweiger und erst einmal ein eher distanzierter Mensch, dessen Zugewandtheit sich eher in Gesten, denn in Worten ausdrückt. Vor zwei Jahren hat er mir ein besonderes Geschenk gemacht: ein von ihm und den anderen Geschwistern zusammengestelltes Buch über meinen Großvater, deinen Urgroßvater Abschalom, in dem Briefe, Schriftstücke und Fotos von ihm versammelt sind. Es ist in Hebräisch geschrieben, und ich kann es nicht lesen. Aber Amnon hat gesagt, dass er mir das Buch schenken möchte, weil jedes Familienmitglied so ein Buch hat.

Und die Geschichte deines Urgroßvaters Abschalom, die erzähle ich dir beim nächsten Mal.

März 2015

*Mein lieber Viktor,*

wenn man seinen Vater so spät kennenlernt, muss man aufpassen, dass man sich nicht überfordert und nicht zu schnell versucht, die vergangenen Jahre aufzuholen. Anfangs fand ich es doof, dass Hagai und ich so weit entfernt voneinander wohnen. Aber vielleicht war das doch gar nicht so schlecht, denn so konnten wir uns ganz langsam kennenlernen.

Bei jedem Treffen hat sich mein Blick etwas geweitet. Erst war ich ganz auf ihn und seine Vergangenheit konzentriert, dann hat mich nach und nach sein Umfeld interessiert: seine Geschwister, seine Eltern. Dann das ganze Drumherum. Seine Arbeit, seine Heimat, seine Muttersprache.

Ich habe mit Hagai vieles dazugewonnen: neue Verwandte, ein neues Land, ein neues Kapitel in der Familiengeschichte. Aber was sich spannend und schön anhört, hat mich immer wieder auch traurig gemacht, weil mir die meisten Verwandten fremd blieben und das potenzielle Heimatland sich wie eine vertane Chance anfühlte. Ich habe lang gebraucht zu akzeptieren, dass meine israelischen Verwandten mir niemals auf dieselbe Weise Familie sein werden wie Barbara, Rosa, Heinz, Nina und ihr Sohn Konrad. Und dass das Land Israel zwar ab jetzt untrennbar mit mir verbunden ist, dass es aber eben niemals Heimat sein wird. Letztendlich musste ich lernen, mit dem Hadern und den Was-wäre-gewesen-wenn-Gedankenspielen aufzuhören und das zu tun, was Hagai zu tun beschlossen hat: nach vorn blicken, die Möglichkeit erkennen und nutzen.

Heute will ich dir also wie versprochen ein Kapitel dieser neuen Familiengeschichte erzählen, die ich dazugewonnen habe: die Geschichte deines Urgroßvaters Abschalom, die auch die Geschichte eines Suchens und Aufbrechens ist – ein wiederkehrendes Motiv, das sich durch die Biografien meiner und deiner Vorfahren zu ziehen scheint.

Abschaloms Familie lebte Anfang des 20. Jahrhunderts in Jonava, in der Nähe von Vilnius, in Litauen. Mutter, Vater und zehn Kinder. Abschalom, geboren 1915, war der älteste Sohn. Sein Vater wollte, dass er Rabbiner wird, und schickte ihn auf die Rabbinerschule nach Kaunas. Die ersten Jahrzehnte des 20. Jahrhunderts waren aber auch die Zeit, in der der Zionismus populär wurde. Junge Juden wanderten nach Palästina ein, um auf die Gründung einer neuen Heimstatt hinzuarbeiten.

Der junge Abschalom fing als Teenager Feuer für diese Idee und beschloss, die Rabbinerschule abzubrechen und mit 17 Jahren allein nach Palästina auszuwandern. Vielleicht wollte er auch der Enge und dem reglementierten Leben der jüdischen Gemeinde entkommen: Es war ein frommes, ärmliches Leben in den Stetln Osteuropas. Für den jungen Abschalom mag Palästina in seiner Vorstellung sicher in goldenem Licht erstrahlt haben: das Gelobte Land, aus dem die Juden fast 2000 Jahre zuvor von den Römern in alle Welt vertrieben worden waren. Palästina, das war für die Zionisten das Ende des Andersseins, das Ende des Lebens verstreut in aller Welt, das Ende der Diaspora.

Abschaloms Vater war strikt gegen die Pläne seines Sohnes und drohte ihm: „Wenn du das machst, bist du nicht mehr mein Sohn." Abschalom ist trotzdem gegangen und kam 1932 allein in Palästina an. Bald lernte er Judith kennen. Sie war die Tochter einer Familie aus dem Gebiet der heutigen Ukraine, die schon früher nach Palästina ausgewandert war. 1937 gehörten deine Urgroßeltern zu den Familien, die den Kibbuz gegründet haben. In nur einer Nacht errichteten sie einen Turm und eine Mauer, die das Gelände umschloss. Sie selbst lebten in der Anfangszeit in Zelten. Es müssen überaus karge, entbehrungsreiche erste Jahre gewesen sein, aber später wurde der Kibbuz einer der größten und reichsten rund um den See Genezareth.

Manchmal sehe ich mir die Fotos in dem Buch an, das Amnon mir gegeben hat.

Dein Urgroßvater Abschalom war ein selbstbewusst nach vorn blickender Mann mit dunklen Augen und Locken. Auf den Familienfotos kann man die junge Familie wachsen sehen, Kind um Kind. Abschalom und seine Frau Judith sehen aus, wie man sich die zionistischen Pioniere vorstellt. Natürlich-schöne Menschen mit ebenmäßigen Zügen. Die Haut glatt, die Lippen sinnlich, strahlend weiße Zähne. Später dann ein leicht herber, von sehr viel körperlicher Arbeit geprägter Zug um den Mund, aber das klare Ziel immer vor Augen: den Aufbau des Kibbuz, den Aufbau Israels. Am Anfang sind sie ein verliebt-glücklich lachendes Paar, später die verantwortungsbewussten, hart arbeitenden Kibbuzniks.

Heute liegen Judith und Abschalom auf dem Friedhof des Kibbuz. Mein Großvater ist 1990 gestorben, meine Großmutter fünf Jahre später. Auf dem Friedhof gibt es eine Gedenkstätte für die Verwandten von Kibbuzmitgliedern, die im Holocaust umgekommen sind. Angedeutete

Schienen laufen auf einen zerbrochenen Davidstern zu. Dort stehen auch die Namen von Abschaloms Eltern und sechs seiner Geschwister.

Abschaloms Familie starb 1941, als die Deutschen einmarschierten und in Massenerschießungen so gut wie alle litauischen Juden ermordet haben.

Auch Abschaloms Eltern und Geschwister wurden so hingerichtet. Kurz vor der Erschießung erkannten die Aufpasser unter den Juden einen Kriegshelden aus dem Ersten Weltkrieg. Sie sagten, er dürfe sich etwas wünschen. Der Mann wünschte sich, dass alle Kinder unter 13 Jahren verschont bleiben mögen. Das hat zwei von Abschaloms Geschwistern das Leben gerettet. Einer der Brüder war eigentlich schon älter als 13, aber weil er so klein war, schubste ihn sein Vater einfach zur Gruppe der unter 13-Jährigen. Zum Abschied sagte der Vater zu seinen Söhnen: „Wenn ihr Abschalom wiederseht, dann sagt ihm, er hatte doch Recht.“

Sie haben ihm diese Nachricht tatsächlich überbracht. Zwei Brüder und eine Schwester haben es geschafft. Einer der Brüder überlebte verschiedene Konzentrationslager, zuletzt das KZ Dachau bei München. Der andere Bruder überlebte irgendwie, irgendwo in Russland.

In Palästina haben sie sich wiedergesehen. Keiner von ihnen ist jemals in die alte Heimat Litauen zurückgekehrt. Keiner von ihnen hat jemals wieder Jiddisch gesprochen.

Wie sich in Deutschland nach dem Krieg ein bleiernes Schweigen über die Zeit des Nationalsozialismus legte, so wollten auch die Zionisten die Zeit des Leids möglichst schnell hinter sich lassen. Die junge Generation hat den Opfern des Holocaust vorgeworfen, dass sie sich wie Lämmer zur Schlachtbank führen ließen und sich nicht gewehrt haben. So etwas solle nie wieder vorkommen, deshalb wollten Leute wie Abschalom und Judith ganz anders leben als ihre Eltern: kein Stetl mehr, kein Jiddisch, keine gelebte Religion. Sogar ihren deutschen Nachnamen übersetzten sie ins Hebräische.

Und Abschalom hat mit seinen Kindern nie über seine Familie gesprochen, nie über seine Kindheit, nie über seine Eltern und Geschwister, nie über ihr Ende. Hagai hat erst aus den Lebenserinnerungen eines Onkels jene Geschichte des Vaters erfahren, die ich dir gerade erzählt habe.

Immer, wenn ich im Kibbuz bin, gehe ich auf den Friedhof und versuche, eine Verbindung zu meinen Großeltern und den Ermordeten herzustellen. Aber es funktioniert einfach nicht. Es fühlt sich nicht richtig an. Ich stehe nicht als Nachfahrin der ermordeten Juden dort vor dem zerbrochenen Davidstern, sondern als Deutsche, als Enkelin der Täter, nicht der Opfer. Auf diesem Friedhof wird mir jedes Mal klar, dass Sozialisation schwerer wiegt als Abstammung.

*Mein lieber Viktor,*

ich will dir noch ein bisschen erzählen, wie es weiterging mit Hagai und mir – und Israel.

2012, also vier Jahre, nachdem ich Hagai zum ersten Mal traf, ziehe ich für zwei Monate nach Tel Aviv. Ich nehme an einem Austauschprogramm für deutsche und israelische Journalisten teil und will für meine Zeitung aus Israel berichten. Und außerdem will ich möglichst viel Zeit mit meinem Vater verbringen. Bis dahin dauerten unsere Treffen ja immer nur ein paar Tage und waren eher Besuche als geteilter Alltag.

Während ich in Tel Aviv lebe, fahre ich fast jedes Wochenende zu Hagai und Bitya nach Jerusalem, und wir verbringen die Zeit so, wie die beiden sie normalerweise auch verbringen. Meist mit viel Essen und Familienzusammenkünften mit Bityas Kindern aus ihrer ersten Ehe und den Enkeln.

Es ist gut, meinen Vater in seinem Leben zu erleben. Mal einen Tag gemeinsam in der Wohnung mit Lesen und Fernsehen zu verbummeln. In den Supermarkt zu gehen oder einen Spaziergang durch die Hügel Jerusalems zu machen. Dinge, die Väter und Töchter eben zusammen unternehmen.

Die Mischpacha, die Familie, ist in Israel wichtig. Die Clans sind groß, drei oder vier Kinder sind auch bei Nichtreligiösen Standard. Viele kommen jeden Freitagabend zum Schabbatessen zusammen. Außerdem wird ständig telefoniert und auch der Urlaub bisweilen zusammen verbracht. Mir ist das manchmal zu viel, ich bin das nicht gewohnt. Deshalb verbringe ich auch einige Wochenenden allein in Tel Aviv.

In den zwei Monaten wird mein Bild von Hagai noch ein bisschen klarer. Dein Großvater ist ein eher introvertierter, ruhiger Mensch, unglaublich geduldig und niemand, der Konflikte gern konfrontativ austrägt. Vielleicht erklärt sich so auch sein Brief an Barbara damals: Wahrscheinlich hat er ihr in Israel nie die ganze Wahrheit gesagt und musste dann ziemlich unsanft die Notbremse ziehen.

Ich glaube, bevor dein Großvater mit über 40 Jahren Bitya kennenlernte, war er mit seinen Dokumenten, seiner Arbeit, verheiratet: ein Bücherwurm, einer, der versucht, aus den historischen Quellen mehr über die Welt von heute zu erfahren. Dein Großvater ist aber zugleich jemand, der sich für die Dinge interessiert, die um ihn herum passieren. Als er jünger war, wollte er sie auch ändern. Lange war er in der Friedensbewegung Peace Now aktiv. Gemeinsam mit israelischen und palästinensischen Aktivisten setzte er sich für Frieden in seinem Land ein. Aber dann wurde 1995 Yitzhak Rabin von einem israelischen Fundamentalisten ermordet. Rabin, der damalige Ministerpräsident des Landes, hatte sich gemeinsam mit Jassir Arafat, dem Führer der Palästinenser, für Frieden ausgesprochen. Frieden schien damals zum Greifen nah. Rabin wurde während einer Friedenskundgebung auf dem Platz der Könige Israels in Tel Aviv erschossen. Hagai war unter den Teilnehmern.

Seit Rabbins Tod lebt er in so einer Art inneren Emigration. Er und Bitya gehen zwar noch regelmäßig zu den Demonstrationen der Linken, aber Hagai glaubt nicht mehr wirklich daran, dass es in seinem Land jemals Frieden geben wird. Ich glaube, dein Großvater steht damit stellvertretend für einen Teil der Israelis: die säkularen, intellektuellen, eher links eingestellten, die Kinder der Zionisten, die von ihrem Land enttäuscht sind. Es ist eine Gruppe, die früher in der Mehrheit war und deshalb lange auch die politische Macht hatte. Heute wird sie von radikalen Rechten und einer immer größer werdenden Gruppe tief religiöser Juden an den Rand gedrängt. „Das ist nicht mehr das Land meines Vaters", hat Hagai einmal zu mir gesagt.

In Jerusalem beispielsweise diktieren die Religiösen fast den gesamten Alltag. Kaum ein Restaurant hat noch an Schabbat geöffnet, manche Viertel sind komplett für den Verkehr gesperrt. Werbung mit Frauen auf Bussen oder großen Plakaten ist verboten.

Auch Hagai und Bitya fühlen sich in ihrem Viertel immer mehr bedrängt. Früher ein säkulares Wohngebiet, leben dort mehr und mehr religiöse Familien mit acht und mehr Kindern. Die beiden haben Angst, dass ihr Leben irgendwann von deren Regeln bestimmt wird. Letztes Jahr war zum Beispiel zum ersten Mal der Parkplatz vor ihrem Haus von Sukkas blockiert, den Zelten, in denen religiöse Juden das Laubhüttenfest verbringen.

Was Barbara schon Ende der 70er Jahr festgestellt hat, dass die israelische Gesellschaft in sich sehr gespalten ist, hat sich noch verstärkt. Und wie immer geht es dabei vor allem darum, wer am Ende die Macht und die Deutungshoheit über dieses Land hat. Hinzu kommt der sich immer mehr verschärfende Konflikt mit den Palästinensern. Auch den habe ich in den zwei Monaten Israel-Aufenthalt direkt erlebt.

Ich habe ja mein ganzes Leben im Frieden verbracht. Ich kann mir nicht einmal ansatzweise vorstellen, wie zum Beispiel Rosas Jugend im Zweiten Weltkrieg aussah. Krieg – das war immer anderswo: in Afrika, in Asien. Und das Thema hat mich ehrlich gesagt nicht wirklich berührt. In den 90er Jahren tobte im ehemaligen Jugoslawien eine blutige Auseinandersetzung. Jeden Tag berichteten die Zeitungen und das Fernsehen darüber. Ich war ein Teenager, mein Leben drehte sich um Schule und Jungs. Ich erinnere mich, dass ich einmal zu meinem Großvater Heinz sagte, dass ich das Thema langsam nicht mehr hören könne. Er wurde sehr zornig – was er selten war – und sagte mir, dass er so etwas nie wieder von mir hören wolle, denn dort, nicht weit von Deutschland, sterben Menschen. Ich habe erst viel später begriffen, warum er so reagiert hat.

Während ich in Israel arbeite, bekomme ich zumindest einen kleinen Einblick, was es heißt, im Krieg zu leben.

Wenige Tage nach meiner Ankunft eskaliert im Süden des Landes die Gewalt zwischen der radikalen Palästinenserorganisation Hamas und der israelischen Armee. Die Hamas beschießt seit längerem fast ununterbrochen die israelischen Städte in der Nähe des Gazastreifens, dieses kleinen Stückchen Lands, in dem eine Million Palästinenser abgeriegelt leben. Die israelische Armee reagiert und tötet aus der Luft einen hohen Hamasführer und bombardiert Gaza schwer. Eine kriegerische Auseinandersetzung beginnt, und ein, zwei Tage später gibt es auch in Tel Aviv Luftalarm. Raketen fliegen in Richtung auf die Stadt.

Als die Sirenen das erste Mal heulen, sitze ich gerade auf der Terrasse eines Restaurants, nicht weit vom Meer entfernt, und esse Pizza. Zuerst nehme ich die Sirene gar nicht wahr. Es hört sich wie einer der vielen Krankenwagen an, die sich hier täglich ihren Weg durch Tel Avivs Straßen bahnen. Nach und nach sehen sich die Menschen neben mir an den Tischen des Restaurants in der Bograshov Street dann doch erstaunt um. „Jesus", murmelt einer. „Luftalarm", sagt der Schweizer, der am Nebentisch sitzt. Und: „Wir sollten jetzt nach drinnen gehen." Also gehe ich – überrumpelt, wie ich bin – ins Innere des Restaurants. Ich bin zu erstaunt, um wirklich Angst zu bekommen. Es hilft, dass die Leute um mich herum ganz ruhig sind. Vielleicht ein bisschen zu ruhig. Etwa zwei Minuten stehen wir in dem Café im Weg herum, dann strömen die Menschen nach draußen, um sich wieder zu ihrer Pizza zu setzen – als sei nichts gewesen. Ziemlich surreal ist das alles, ein bisschen aufregend auch. Ist das also Krieg? Ist das dieses abstrakte Wort aus den Geschichtsbüchern?

Ist es das (abgesehen von der Pizza), was meine Großmutter erlebt hat?

Zum ersten Mal seit 20 Jahren hören die Bewohner Tel Avivs einen Luftalarm. Ein Kollege wird mir später erzählen, dass er, nur wenige Straßen von Bograshov entfernt, kurz nach der Sirene ein dumpfes Grollen wie einen Donner gehört habe. Eine Rakete stürzt vor Jaffa ins Meer, die andere schlägt 15 Kilometer südöstlich von Tel Aviv ein.

Wenn ich daran denke, kommt es mir sehr unwirklich vor, dass ich das tatsächlich erlebt habe. Und dabei war das ja nur ein „ganz kleiner Krieg", wie Hagai es nennt. Die ganze „Operation Wolkensäule" der israelischen Armee dauert eine Woche, dann gibt es einen Waffenstillstand. Für mich ist diese Woche prägend. Ich arbeite fast Tag und Nacht, schreibe einen Blog, aber auch Artikel und Interviews für die Zeitung. Ich spreche mit vielen Menschen in Israel und im Gazastreifen. Andere Zeitungen wollen plötzlich Interviews mit mir machen, und meine Kollegen und Chefs daheim schicken mir unterstützende E-Mails.

Aber ich lerne auch, das Land ein bisschen besser zu verstehen. Zum Beispiel, dass es kein Schwarz-Weiß gibt in diesem Konflikt zwischen Israelis und Palästinensern. Viele gemäßigt eingestellte Juden, die normalerweise auf Friedensdemos unterwegs sind, befürworten dieses harte Durchgreifen der Armee. „Man muss dem Raketenbeschuss im Süden endlich ein Ende setzen", höre ich oft und sehe die Städte im Süden mit ihren zerschossenen Fassaden, hinter denen schon lange kein Alltag mehr möglich ist. Und gleichzeitig höre ich die Stimmen der Menschen aus Gaza, deren Leid noch sehr viel größer ist, die dort ohne Raketenabwehrsystem sitzen und erklären, gar keine andere Wahl zu haben als Israel zu hassen und zu bekämpfen, den Feind, der sie alle in einer Art Kollektivhaft im großen Gefängnis Gaza einschließe.

Ich sehe plötzlich sehr klar die schwindelerregende Dynamik dieses Teufelskreises, in dem keiner mehr weiß, wer wem wann zuerst Unrecht getan hat: Landnahme, Staatsgründung, Opfer, Täter, Diskriminierung, Attentate, Zäune, Raketen. Und über allem der Holocaust.

Ich verstehe dieses Land ein bisschen besser und weiß gleichzeitig gar nicht mehr, auf welche Seite ich mich stellen kann, wer Schuld hat und wer nicht, wer um Entschuldigung bitten und wer wem eigentlich vergeben müsste.

Ein Abend ist mir besonders im Gedächtnis geblieben. Ich bin in Jerusalem bei Bitya und Hagai. Bityas Kinder und Familien sind zum Schabbatessen da. Nur einer fehlt: Bityas Schwiegersohn. Er ist Pilot bei der israelischen Armee und während des Krieges im Einsatz. Von der Luft aus versucht er, die Waffenlager der Hamas zu zerstören.

Ich habe es immer als sehr merkwürdig empfunden, dass in dieser Familie zwar alle für eine Aussöhnung und den Frieden mit den Palästinensern sind – aber gleichzeitig furchtbar stolz darauf, einen Piloten unter sich zu haben.

An diesem Abend sprechen wir über den Krieg und darüber, dass er aufhören muss – so wie dieser ganze Konflikt endlich ein Ende haben muss. Aber wir sprechen überhaupt nicht darüber, dass ein Familienmitglied Kampfpilot ist und damit Teil dieses Systems.

Es hat eine Zeit lang gedauert, bis ich begriffen habe, dass meine Sichtweise sehr deutsch ist, geprägt von einer antimilitaristisch eingestellten Gesellschaft, gewachsen durch die Erfahrungen des Zweiten Weltkrieges. Und dass Israel vielleicht einer der wenigen Orte auf der Welt ist, an dem man Pazifist und Befürworter einer starken Armee zugleich sein kann – weil es dieses Land ohne eine starke Armee höchstwahrscheinlich gar nicht mehr gäbe.

Zum Stolz auf den Schwiegersohn kommt aber wohl noch etwas anderes hinzu. Die Piloten sind die Eliteeinheit der Armee, der junge Mann hat ein langes und schwieriges Auswahlverfahren durchlaufen müssen. Ich glaube, dass die Familie einfach stolz darauf ist, so einen intelligenten und talentierten Schwiegersohn zu haben.

April 2015

*Mein lieber Viktor,*

während der zwei Monate in Israel passiert noch etwas Wichtiges: Ich feiere meinen 34. Geburtstag mit meinem Vater – den ersten Geburtstag gemeinsam mit ihm in meinem Leben. Eigentlich hätte ich am liebsten den Tag ganz allein mit Hagai verbracht, aber Bitya plant wie selbstverständlich eine kleine Party, und ich traue mich nicht, ihr zu sagen, dass ich das nicht will. Sie hat sich viel Mühe gegeben und neben ihren Kindern und ihrem Bruder mit Frau auch Amnon mit Freundin und Adas Tochter Goni eingeladen. Es gibt ein großes Büfett in ihrer Wohnung und eine Schwarzwälder Kirschtorte, die zwar nicht so schmeckt wie in Deutschland, aber trotzdem gut ist.

Amnon schenkt mir an diesem Tag das Buch über deinen Urgroßvater Abschalom. Bitya gratuliert mir auf Jiddisch zum Geburtstag, und Hagai hält eine Rede. Ich kann mich nicht an die ganze Rede erinnern, aber an das Wichtigste noch sehr gut: Hagai sagt mir, dass sich sein Leben sehr verändert habe, seit ich ihn gesucht und gefunden habe. Und er bedankt sich zum ersten Mal dafür. Ich habe feuchte Augen, und ich glaube, dass ich in diesem Moment manches abschließen oder zumindest – auch wenn es abgedroschen klingt – meinen Frieden damit machen kann. Vielleicht wird in diesem Moment aus einer missglückten Liebesgeschichte tatsächlich eine Vater-Tochter-Geschichte.

Es ist also doch gut, dass Bitya die Party organisiert hat.

Die zweite wichtige Erfahrung mache ich an Weihnachten. Deine Urgroßmutter Rosa und dein Vater kommen kurz vor den Feiertagen nach Israel, um mich zu besuchen. Ich bin bis dahin überhaupt noch nicht in Weihnachtsstimmung gekommen. In Tel Aviv gibt es so gut wie keine Christen, weshalb man Weihnachten nirgendwo spürt. Es gibt keine Tannenbäume und Weihnachtsmänner, kein Lametta, keine Plätzchen oder Weihnachtsmärkte. Man sieht das Fest einfach nicht kommen.

Als dann allerdings Rosa mit selbst gemachten Plätzchen und Glühweingewürz am Flughafen von Tel Aviv steht, wird mir doch ein bisschen warm.

In den Tagen bis Weihnachten reisen wir viel herum. Wir passieren die Mauer ins Westjordanland und fahren nach Bethlehem, um dem Jesuskind in seiner Geburtsgrotte Hallo zu sagen. Außerdem möchte Rosa unbedingt in den Kibbuz fahren, wo meine Eltern sich kennengelernt haben. Hagai bringt uns dorthin. Wir besichtigen erst die Pilgerstätten in der Umgebung. Erinnerst du dich? Die Brotvermehrungskirche in Tabgha, den Berg der Bergpredigt, Kafarnaum, die Kapelle des Jüngers Petrus.

Und dann zeigt Hagai Rosa den Kibbuz. Auch die Wiese, wo früher die Baracken standen. Rosa ist ungewöhnlich still dabei. Vielleicht spürt sie ähnlich wie ich, dass hier ein Teil von Barbaras Leben stattgefunden hat, der eigentlich nicht für unsere Augen bestimmt war, dass dieser Besuch wie ein unzulässiges Eindringen in Barbaras Vergangenheit ist. Die Zeit im Kibbuz, das verstehe ich in diesem Moment, ist vielleicht die einzige Zeit in Barbaras Leben gewesen, die ihr ganz allein gehört hat. Hier war der Ort, an dem sie keiner kritisierte oder bedrängte, keiner ihre Wünsche und Ideen mitbestimmte. Hier hat sie eine Freiheit erlebt, die sie manchmal in vollen Zügen genossen hat und mit der sie manchmal nicht umgehen konnte, weil sie ihr vielleicht auch Angst gemacht hat. Hier musste sie weder Tochter noch Mutter sein. Sondern war einfach nur Barbara.

Und obwohl ich mich innerlich bei Barbara dafür entschuldige, dass ich hierher gereist bin und den Mann gesucht habe, der sie verletzt hat, und dafür, dass ich mich gut mit ihm verstehe und sogar ihre Mutter hierher gebracht habe, bin ich zugleich auch froh, dass ich keine Rücksicht auf sie genommen habe. Weil ich so viel begriffen habe über mich, über meinen Vater und über meine Mutter.

Den Abend des 24. Dezember verbringen wir bei Bitya und Hagai. Wir haben in der Altstadt von Jerusalem, im christlichen Viertel, einen kleinen Plastikbaum gekauft – und bei einem russischen Metzger Würste aus Schweinefleisch, zu denen ich einen ungenießbaren Kartoffelsalat mache. Wir reichen uns Geschenke, und um zwölf Uhr gehen dein Vater, Rosa und ich in die Christmette in einer der vielen Kirchen der Altstadt. Die Weihnacht in Jerusalem zu verbringen, wenige Kilometer von Bethlehem entfernt, in einer alten Kirche, die fast nur vom Schein der Kerzen erleuchtet ist, das hat auch für mich etwas Erhebendes, Erhabenes und Tröstliches. Vielleicht verstehe ich hier zum ersten Mal, warum andere Menschen glauben. Und als der Baum leuchtet und die Priester den Segen verteilen, bin ich der festen Überzeugung, dass nach so einer Nacht einfach alles gut werden muss.

Vielleicht ist es genau dieses Gefühl, das auch Barbara hatte, als sie kurz nach ihrer Ankunft im Kibbuz zum ersten Mal ohne ihre Familie Weihnachten feierte. Unter lauter abenteuerlustigen jungen Menschen in diesem Land, in dem ihr Leben eine andere Richtung einschlug.

Juni 2015

*Mein lieber Viktor,*

Rosa hat ihr Haus verkauft. Spätestens Ende des Jahres wird sie ausziehen. Wir sind alle traurig, aber auch sehr froh, weil es zwischenzeitlich so aussah, als wolle keiner das Haus kaufen. Die Menschen, die es besichtigten, interessierten sich dafür, wie alt die Fenster und die Heizung sind, wann das Dach zuletzt gedämmt wurde, und für den feuchten Fleck in einem der Kellerräume. Sie haben die schöne Einrichtung nicht beachtet, nicht, wie großzügig die Räume geschnitten sind und wie eingewachsen der Garten ist. Sie haben nicht den offenen, freundlichen Geist des Hauses gespürt und die Familiengeschichte, die Lebensleistung, die darin steckt. Natürlich ist das verständlich und rational, aber natürlich hat es Rosa trotzdem gekränkt.

Doch am Ende kam eine Großfamilie und fand das Haus schön und hat es gekauft. Trotz der alten Fenster und des alten Dachs und der Heizung, die zwar viel Öl verbraucht, aber dennoch nicht richtig warm macht. Es ist eine Familie, die vor einigen Jahren aus dem Kosovo eingewandert ist: ein Ehepaar um die 60, deren erwachsener Sohn und die Tochter, die selbst schon verheiratet ist und ein kleines Mädchen hat, das so alt ist wie du. Vor allem der jungen Frau gefällt das Haus sehr. Sie hat sich im Geiste in dem ehemaligen Lederlager von Heinz schon ein großes Wohnzimmer mit offener Küche eingerichtet. Das große Haus ist für sie ein Symbol, dass sie es hier zu etwas gebracht hat. Ihre Annagasse ist das Kosovo, das Land, aus dem ihre Familie kommt und in dem es für junge Leute wie sie so wenig Zukunft gibt.

Wir waren jetzt eine Woche bei Rosa, um auszumisten. Wir haben viel entsorgt. Dinge, die sich in den Jahrzehnten angesammelt haben und die man nie wegwerfen musste, weil das Haus so groß war, dass es mühelos das Erbe all der Vorfahren und Familienmitglieder bewahren konnte, die schon lange gegangen sind. Das alte Familiensilber von Heinz' Mutter aus Magdeburg, Schlafzimmermöbel noch von Rosas Großeltern, die Grabkreuze ihrer Eltern, Heinz' Anzüge und Hüte, Barbaras Fotos und Briefe. Ich habe vor allem Kisten mit meinen Kindersachen durchwühlt. Spiele und Bücher und Puppen und Barbies. Zeichnungen, Hefte, Lateinbücher und so etwas. Das Meiste davon habe ich entsorgt, das, was dir vielleicht eines Tages gefallen könnte, habe ich mit nach Stuttgart genommen.

Meine Kindheit ist schon lange vorbei, und irgendwann muss ja auch mal Schluss sein mit der Vergangenheitsbewältigung. Du bist jetzt da, und so bin ich jetzt selbst eine Mutter – deine Mutter. Gemeinsam mit deinem Vater schreiben wir die Familiengeschichte weiter.

Deshalb bin ich jetzt auch am Ende mit meinen Erzählungen. Das heißt: fast am Ende. Zum Schluss möchte ich dir nämlich noch von deiner ersten Reise nach Israel erzählen, die wir vor ein paar Monaten gemacht haben.

Zuerst haben wir zwei Tage in Jerusalem bei Bitya und Hagai verbracht. Es war ganz anders als meine früheren

Reisen nach Israel. Statt in die Altstadt zu gehen oder ins Museum, waren wir auf dem Spielplatz und im Zoo.

Am dritten Tag sind wir alle gemeinsam in den Kibbuz gefahren. Wir haben uns zwei Zimmer im Hotel genommen – und zwar genau in dem Gebäude, in dem ich auch gewohnt habe, als ich damals nach Hagai gesucht habe. Die Zimmer sind mittlerweile renoviert und nicht mehr so muffig wie vor sieben Jahren. Der nette Araber aus der Bar war zwar nicht mehr da, aber dafür immer noch Pilgergruppen in den Sitzgruppen der Lobby. Von unserem Balkon aus hatten wir eine wunderbare Sicht auf die Hügel von Galiläa, und jeden Morgen haben wir in dem Speisesaal gesessen, in dem Barbara gearbeitet hat. Ich war die ganze Zeit sehr melancholisch, aber im positiven Sinne. Und für Hagai war die Reise wahrscheinlich ein bisschen merkwürdig. Er hat im Kibbuz natürlich noch nie im Hotel gewohnt.

Während unserer Zeit im Kibbuz fand auch gerade der Nationalfeiertag statt, der Tag der Unabhängigkeitserklärung. Traditionell treffen sich die Familien an diesem Tag zu einem Barbecue. Wir waren bei Amnon eingeladen. Jede Menge Verwandte waren da. Alle haben sich sehr gefreut, dich kennenzulernen.

Wir sind viel durch den Kibbuz spaziert. Hagai hat uns gezeigt, wo er als Kind gespielt hat, und wir haben aufs wogende Schilfmeer geguckt. Wir haben winzige Muscheln gesammelt und nachts den Schakalen zugehört, die in den Feldern und Bergen geheult haben. Wir haben sehr viel gegessen, du warst der Liebling der arabischen Zimmermädchen, und dein Vater bekam einen Familien-Overkill. Einen Nachmittag sind wir auf die Golanhöhen gefahren. Dort haben wir Blauhelm-Soldaten der Uno im Café getroffen. Am nächsten Tag haben wir in den Nachrichten gehört, dass die israelische Armee eben auf den Golanhöhen Stellungen von Terroristen bombardiert hat.

Es war eine schöne Woche. Hagai hat die Zeit mit dir genossen. Er hat mit dir Hebräisch gesprochen und mir gesagt, dass er es diesmal anders machen will, dass er dir beim Wachsen zusehen und eine Rolle in deinem Leben spielen will.

Einmal sind dein Großvater, du und ich allein ans Ufer des Sees Genezareth gegangen. Hagai hat dich gehalten, und du hast deine Füße ins kalte Wasser gestreckt. Die feinen Kieselsteinchen haben dich gekitzelt, und du hast gelacht. Und ein bisschen war es, als habe ich Barbara von weither lachen hören.

## Nachwort

Ich habe diese Geschichte 2014 und 2015 aufgeschrieben, nachdem mein erster Sohn, Viktor, geboren worden war. Mittlerweile haben mein Mann und ich noch eine Tochter bekommen. Sie heißt Rosa. Und natürlich ist dieses Buch auch für sie. Alles, was ich nicht selbst erlebt habe, weiß ich aus Erzählungen Recherchen und dem Tagebuch meiner Mutter. Hinzu kommen viele „Wahrscheinlichs“ und „Vielleichts“ und mein ganz persönlicher Blick auf die Ereignisse und die Menschen, die ich liebe und denen gegenüber ich natürlich niemals objektiv sein kann. Dies ist meine Sicht auf unsere Familiengeschichte – und ich bin gespannt, wie wir sie weiterschreiben werden.

## Danke

An chrismon und edition chrismon für das Interesse und die Offenheit.

An meine Freundinnen und Freunde, besonders Katrin, Meike, Julia, Iris und Christian, fürs Lesen, Drängen, Bestärken, Dranglauben und Ratgeben.

An meine Großmutter Rosa fürs Erzählen all der alten Geschichten.

An Hagai für sein Vertrauen.

An Christine und Angelika für ihre Erinnerungen an meine Mutter und die gemeinsame Zeit.

An Hilmar, Viktor und Rosa für die Liebe und fürs Familiesein.